藥香中尋找愛

林大棟——著

作者序

坐在矽谷任何一間大公司的大樓裡，你會感到全世界的高科技隨著矽谷的生活步調而律動。筆者歷經二十多年的工程師生涯和近十年的中醫旅程，在零與一的世界和陰與陽的領域中奮力向前，常會忙得連坐下來靜思一番的時間都沒有。偶然也會想起年少時的文學大夢。廚川白村說：「文藝是苦悶的象徵。」看著自己在工作、家庭、志業中寫出來的這篇小說，就覺得自己還真是很苦悶啊！

寫中醫小說，一方面是想實現年少以來一直未曾放棄的文學夢，另一方面則是為了中醫理念的傳播、中醫觀念的整理，也涵蓋對中醫未來發展的看法。在這小說中不可免的有很多的「假雨村言」的部份，是筆者對現實的一些感慨。承蒙諸多師長學友的支持鼓勵，這些年來努力把對中醫的愛寫成能讓更多人接受的小說。在此感謝把我的小說介紹給出版社的文學前輩——名作家周芬娜老師，她的文學造詣及熱情是筆者學習的目標。也感謝幫忙整理校稿的王香妮中醫師。最後要特別感謝的是我的中醫啟蒙老師——經方大師倪海廈先生，感謝他帶著筆者進入中醫學的殿堂以及對我在小說創作上的鼓勵。

在每一個把心中構思化成文字的過程中，一些前塵影事，一些靜夜思維都一一融入故事中的人事物裡。現實是小說的滋養來源，而小說也是現實世界的延伸。這本小說集是由兩篇小說「尋找小楊」及「藥香中的愛情故事」組成。這是兩篇可以全然獨立的故事，但也有很大的相關性。背景都在海外美西的大地上，人物之間也有一些連繫。筆者在這本小說中集結了不少這些年來的學思經歷，衷心希望這會是一本有趣而能讓您興味高昂地看下去的小說。

這也是一本有關中醫的現代小說，背景放在美國西部的一些地方，除了把對中醫的一些看法和想法置入之外，另外也想藉此帶著大家來共同遊歷我曾去過的美國的某些角落以及歷經過的某些生活片段。有朋友說我的小說像是想寫一些美國的風土地理人情，但是其實個人遊歷過的地點不多，能寫的是很有限的。

也許我該多出門去旅遊的，老是待在家裡看Google街景來節省旅費也不是辦法。願我的文字能載得動所有親愛的讀者們，讓我們一同前往這個小說中的天地漫遊去吧！

大棟　寫於北加州矽谷

目次

作者序 3
藥香中的愛情故事 7
尋找小楊 125

藥香中的愛情故事

（一）

波特蘭市是美西奧利岡州的大都市，非常美麗的地方。我去過三次，每次都沈醉在山光水色中，有點想去住的衝動。這個故事的第一幕就從這裡開始吧！

佛教的看法中，人的六根——眼、耳、鼻、舌、身、意，裡面最靈敏的是耳根，《楞嚴經》裡面的耳根圓通就是以聽覺成就菩提的方法。而鼻子對應的氣味也許不是最靈敏的，但是卻常常會聯繫起我們生命中的很多前塵影事來，比方說食物的香氣常會讓我們想起兒時的回憶。而就現代人來說，香氣中比較陌生的是藥香吧。現代醫學中的藥是沒有藥香的。但在中藥中的藥香是很特殊的香氣，有時藥香會告訴我們它的對治。在《紅樓夢》中寶玉說：「藥氣比一切的花香、果子香都雅。神仙採藥燒藥，再者高人逸士採藥治藥，最妙的一件東西。」當年的那一股藥香，在我心中一直是最妙的回憶。

飛機開始下降了，睡了一覺起來有些偏頭痛，飛機上的冷氣真是冷啊。用左手指甲在右手上的偏頭痛點壓了起來，想看看外面的風光，就順手把窗戶拉了上來。

快中午了，眼前藍天白雲之下的這一片綠色的大地是這樣的美好，你可以看到不少水道在田野中穿過，一條條寬敞筆直的大道伸展在平坦廣闊的大地上，已經可以看到地面上像小螞蟻一樣的汽車忙碌地奔馳著。奧利崗州原始而高大的紅木森林一直從南方延伸到這北邊的城市，這樣的高度都快看清楚樹頂的枝椏了。而一個大城市就在靠北方的大河邊開展。不遠處的胡德山（MountainHood）不得不吸引了我的目光，終年白雪藹藹的山頭在陽光下更顯耀眼。這是在奧利崗州波特蘭市市區任何一個角落都看得到的地標。這座山的山型很美，山麓上的森林裡，有很多來自世界各地的修道團體在這裡建立的修行中心，深春時分在這座山的森林中靜靜地聽著雪水山澗流過樹間的聲音，你會忘卻人世間的總總塵垢，置心一處而不動。

飛機愈飛愈低，當飛機掠過將波特蘭劃分為東西兩部的威廉瑪特河（Willamette River）之後，飛機就降落到波特蘭國際機場了。好像故意要在水面上飛過似地，你會忍不住讚一聲這個場景，這個有著水道的城市顯得如此有生氣，從水面掠過才降落的那一刻，你會開始期待你會在這個城市發生的故事。雖然這不是我第一次見到這些景物，但還是身心為之一快。

當飛機開始在地面上滑行時，頭已經早就不痛了，這個止痛方法雖然簡單，但效果仍一如既往地功效強大。飛機機身正慢慢地往空橋移動過去。身旁坐的這位美國少女打開手機大聲地講起話來，隨著頭痛的消失，我的心情也清朗起來。在等待飛機停上空橋的這段時間，我不知怎地想起這幾年來的種種往事，就在這個城市有過我們的一些過去。彷彿都還可以聞到當年的那一股藥香，多少回憶又襲上心來。這個故事是怎麼開始的，那是多年前在南加州的洛杉磯，一個巨大而活力四射的大都會，一個炎熱的午後……

＊　＊　＊

手機響了。

這手機居然在這個時候響起了，我一週只有一次最可貴的午睡就這樣被打斷了，彷彿一個小孩手中好不容易得到的一球冰淇淋只吃了一口就掉到地上。這種失落的心情是每天都可以午睡的人不能瞭解的。作為一個在沒有人有午睡習慣的美國上班族，每週日下午的午睡算是我個人重要的休閒活動。你會說週六也可以睡啊，但週六常要加班，而且上帝在第七天也休息啊，本人第七天也小睡一下是合理的。

邱吉爾說：「你有時候必須在午餐和晚餐之間睡一覺，我經常脫了衣服爬上床休息。別以為午睡會耽誤工作，這是愚蠢的想法，相反的，休息之後，可以增加工作量，甚至可以將一天當做兩天用，至少是一天半。」這是非常內行的話。對一個早過了而立之年的宅男而言，午睡這種休閒活動是正面而有養生意義的。

我強忍著心中的怒罵，非常無奈地摸到了手機，先調整了一下聲調，把已經入社會而日漸世俗化的上班族面具武裝在聲音上。

「Hello，this is George……」

「你是黃誠強先生嗎？我叫Judy，我是王大衛的朋友。」電話那頭是一個女生的聲音，有點台灣國語，但聽來年紀又不大。

（王大衛這小子把我的電話給人家幹嘛呢？）

「嗨，您好。請問有什麼事嗎？」

「希望沒有打擾到您。是這樣的，王大衛出城去了，他說如果我的電腦再有問題就來麻煩您一下。」

啊，是這種事啊！王大衛這小子自己亂熱心一氣，最後麻煩事卻要推給我。

身為一個單身IT專業人士，經常會成為電腦白痴女生的免費IT服務人員。數年來領到不少「好人卡」。這是身為e時代宅男的宿命，沒有女朋友，只有一大疊的好人卡。有時會這樣想，如果累積到一萬張會不會就會進入到「涅槃」（Nirvana）的境界呢？

「黃先生，您聽得到嗎？」

「啊，是的，是的。請問要怎麼幫妳？」

「您願意幫忙？太好了！五點前您能來Hacienda Height的太平洋廣場的上醫堂國藥號二樓嗎？王大衛說您一定很願意幫忙的。」

（王大衛，你這個標準的損友！）

「沒有問題，請問是什麼電腦方面的issue呢？」我試探地問了一下，接下來對方的回答讓我覺得我的寶貴午睡犧牲的一點都不值得！

只聽這位Judy女士說：「我們新買了一台投影機，但不知道要怎麼連上電腦去！」

「接電源，再接vga線，把投影機開關打開，再把電腦也打開不就得了？」我是一個好脾氣的宅男，有時會受不了這種白痴問題，但是我還是克制著自己的語調。

這位Judy接著說：「就是沒有東西出來嘛！總之還是要請您這位專家出面幫我們。」

什麼專家？對付電腦白痴的專家？

這時候這個女人笑了起來說：「呵呵！逞強哥，就麻煩您來一趟吧！順便來聽一下讀書會甘老師的中醫課好了。」

「咦？你怎麼知道我的綽號叫逞強哥？」

「王大衛說的啦！您可以來吧？這地點您知道嗎？」

可惡的王大衛，高中時強拉我一起去參加救國團的活動，在相互介紹夥伴的遊戲中（你不必知道是什麼遊戲，反正是一群高中生玩的傻瓜遊戲）這樣介紹我：「我旁邊這位就是……臉皮厚得像城牆，沒事就會愛逞強的誠強哥！」於是，「逞強哥」這種名實不符的外號就一直跟著我。在出國留學之後，本來以為這個綽號就不見了，沒想到在南加州又遇到王大衛。

「嗯，沒問題，我會去。」我自己清楚地聽到自己這樣說。

我的美好午睡都被破壞了，您說接下來還有什麼好做的呢。當時我對中醫可沒有任何興趣。「甘老師的中醫課」？我想應該是聽不懂吧？反正去幫他們安裝好了之後，就直接轉身去太平洋廣場的「南台灣美食中心」去好好吃一頓故鄉風味的晚餐好了。管他什麼心老師、肝老師的。

人生有很多時候的情節都是在平靜中忽然生出波瀾來。接完了電話看看表，算了算時間之後，我也開始準備出門。

於是，一場充滿驚喜的中醫學習之旅就要開始，一個不一樣的人生在這樣無奈的開場中就此展開……

（二）

太平洋廣場就像洛杉磯的其他華人商圈一樣，你走進其中就會發現有如置身於台北的某一個角落一樣，我常來這裡買東西和上館子。但是從來都沒有注意到在它的一角有這麼一間上醫堂國藥號，找了一會兒才看到。可能本來我就是不吃中藥不看中醫的人，所以才會沒有注意到這間針灸診所。招牌不大，仔細一看這木製招牌是用初唐三大書法家之一的虞世南的字體寫的，現在能寫好虞字的人並不多，我也寫過一陣子書法，虞世南的孔子廟堂碑倒也寫過兩三通，於是我駐足看了一會兒，寫得真不壞，平穩舒泰，頗得虞字三昧。仔細看題的款是署名叫「麗澤」的人。麗澤是誰？沒聽過這號書家。

看來今天這間診所沒有開，走上二樓只見還沒有什麼人在，只有一位先生在搬桌椅，大概上課時間還沒有到吧？我算是準時到了，看來這位Judy小姐還沒有來。這是在診所的二樓，說是教室，看來平日像是放藥的倉庫。這個診所可能本身也有藥舖，也可能在這裡煮藥，只覺得有一股很親切的藥香味。至於為什麼我會說很親切呢？我也說不上來，只覺得在哪裡聞過這個味道。後來想想是國中時代幫學生們補習理化的李老師他家的味道，記憶中好像是因為師母長年在吃中藥。但這其中還摻雜著一些木櫃家具所發出的味道以及一些未煮過的各種混合中藥味，更有一些可能是書卷散發出的氣息，交織成一種懷舊的情境。

這時只見一位個子不高，長得有點像小叮噹漫畫裡面大雄的媽媽，但是略胖的女士走了上來。仔細看應該年近五十吧？但穿了一身看來很青春的服裝。當她一開口說話，那一口台灣國語馬上就告訴了我她是Judy。

「請問是黃誠強先生嗎？我是Judy。」

沒錯，就是她。和她哈拉了一下，言歸正傳來到技術問題。才兩三下設備就搞定了，主要是Judy不懂得怎麼切換影像的輸出這種小問題。真是一片蛋糕（piece of cake）！要不是想順便去「南台灣美食中心」吃個潤餅捲和四神湯，這種小事居然要本人親身跑一趟實在太沒有道理了。這就像是請張大千來磨個墨或是要張三丰來砍個柴一樣。當然，Judy是免不了對本人讚譽有加，彷彿我是不世出的天才一樣。然而本人對這種浮名俗譽早就看淡，不過是擺出一代宗師的神情，淡淡地說聲：「沒事。」

正準備要起身離去，Judy問我要不要順便聽一下甘老師的課，我推說肚子餓了，她說有準備一些小點心，不妨先吃一些，今天是什麼「中醫基礎」的第一堂課，很適合像我這種layperson（外行人）來聽的。但是一來是想去吃飯，二來想到這種課就是一位老先生在講一些聽不懂的，所以沒有太大興趣。

Judy大概是看出我在想什麼，她很熱心地說：「甘老師的課很生動有趣，一點都不會無聊，報名很踴躍呢！」

我說我又沒報名也沒有交錢，不好意思參加。

「沒有問題，甘老師的課並沒有什麼收費，只要都來出席，連講義費都會退給學員呢！先試聽一下吧，你也會很喜歡甘麗澤老師的喲！」

喔，甘老師就叫麗澤，我問Judy才知道就是「麗澤」這兩個字。原來門口招牌上的字是他老人家寫的啊！這時我就有些好奇了，想看看這位老先生是何方神聖，也許有機會課後請教一下他虞字的寫法。反正有點心吃，先吃一些再看一步走一步好了。

這時想起來王大衛這傢伙有一陣子好像對中醫很有興趣，可也來上過課吧？我問了Judy，她說有一陣子王大衛是有來上課，但他好像最近常要出差。

吃了小點心，找了一個最後面最靠門的位置坐了下來，這時學生陸續進來了，看來真是不少人，這個講堂不大，學員倒有四十來位。有年輕人，也有一些看來年紀不小的，我的旁邊坐著一位頭髮全都白了的老先生，我和他寒喧了一下，他自道姓鍾名天明，是從台灣南部的高雄來的，因為是同鄉，所以聊了起來。我用台語叫他阿伯，他笑著說我不妨稱呼他一聲「鍾哥」，因為這些同學都是這麼叫他的。原來這裡有不少人都上過甘老師開的課，說前一期是在講「經方臨症心靈圖」的課，這是什麼東東啊？

鍾哥拿出一本大本的筆記簿說：「甘老師了不起，之前我介紹幾個我自己看不好的病人，她都是一出手就治好了，我就一直來聽他的課。這一整本筆記是我最重要的資產喔！」

「喔，鍾哥自己也是中醫師啊？」

鍾哥笑了笑說：「我本來在加州州大教書，退休後才進中醫學院唸書、考了一個加州針灸師執照，算是半路出家的。但我的醫術是不行的，興趣而已啦！直到遇到甘老師才知道中醫能做到的超乎我們的想像。我的醫術和眼界才有所不同！」

看來這位甘老師必有過人之處，但是我是沒有很強的感覺，反正人家的點心也吃了，就來看看這位甘老師是何方神聖，也許大致看一下就會從後門溜掉吧！

這時有人大聲喊叫道：「甘老師來了！」

我翻著鍾哥的筆記，看不懂，但是覺得有趣，像是一本武功祕笈一樣。看來果真這是鍾哥很重要的資料。

這時只見門一開，一位高佻而清麗的女生走了進來，一身帥氣的服裝，踏著一雙布鞋，身上背著一個帆布袋，她紮了一個馬尾，馬尾上還綁著一個跳跳虎的髮帶，細緻的五官細看還有一股英氣，臉上有一種似乎調皮或說是慧黠的笑，我不禁讚嘆，好一個漂亮的女生，令人眼睛為之一亮！這是遲到學員吧？有這樣的同學倒令我覺得這個課應該會很有趣啊！

只見她走到白板前，看了一下教室中的情況，定了定神說：「對不起，有一個急診延誤了一下，有些遲到了。」

咦？這可怪了！這個年輕的女生就是甘麗澤老師？不會吧？有沒有搞錯？

接下來她用很高興的聲音說：「好，我們就開始上課吧！」

（三）

只見甘老師說：「今天的這個課，是因為之前【經方臨症心靈圖】的課原本只對醫生和中醫學院的學生開課，但是之後有很多人聽說甘醫師的課程很有趣，他們只要學些基礎用來養生，希望能針對一般大眾另開這樣的基礎課程。因為請求開課的人太多，我又想到一天到晚花時間向病人做中醫理念說明很累，你想想看，本來一個病人我觀了氣色，把了脈，問了診，就算再加上眼診、舌診、耳診、穴位經絡壓診、腹診、掌診這些診斷，我已經可以完全確診了。」

她嘆了口氣接著說：「結果呢？為了讓來診的病人吃下藥、紮上針、改變生活作息或放棄原來錯誤的想法，我要花上比診斷更長的時間來教育和解說，實在是有夠累的。現在病人愈來愈多，我快不行了，有時候看完一天下來真氣渙散不少！所以就想啊，如果有機會多上些基礎課，只要上過課的都變成內行人，那麼他們來看診的時候，我可就輕鬆多了！」

這時候，甘老師笑了笑，我覺得她的臉好像生下來就是要笑的，她笑起來真是可愛啊！笑完之後，臉色一沈，那種嚴肅的表情令人不解，她接著說：「先問一下，剛剛有吃診所提供的點心的人請舉手。」

我心中忽然被這樣的問題嚇了一跳，因為她問的太過正經了！我馬上把手舉了起來，這時才發現沒有其他人舉手，大家都笑著看我。

甘老師非常正經地看著我說：「大個子，你吃了不少吧？本診所的經費很有限啊！你知道嗎？本來這個課我是不想開的，內經上說『上工治未病』，大家學了養生之道以後，一有小問題就自己解決了，你說本診所往後生意要怎麼做下去啊？以後連請大家吃小點心的機會都沒有了。」

這時全班哄堂大笑，我真是尷尬到無地自容。看來這種上課方式是這裡常有的，大家都很熟悉，只有我這個完完全全的門外漢是白目的，這時只覺得發了一身的熱汗！

這時她忽然走了過來，兩手搭在我肩上說：「別急，有機會聽到課的人不算多，還是有很多人會來看診的。」然後非常輕鬆地走回到講台上去。

老師上課可以忽然走下台這樣和學生說話嗎？我覺得有些好笑。但甘老師身上好像有一種不像花香倒像是藥香的味道，當她走靠近我的時候，只覺得很舒服，那香味雖無走竄通竅的力道，但幽深玄微而不散、清雅柔和而常存。我只能說是當場呆若木雞。

接下來的課程就在甘老師非常另類、非常幽默的方式下展開，她從陰陽的基礎觀念開始講起，也從日常生活中中醫的保健著手。她講的中醫理論，讓我們很容易就能夠瞭解。

比方說她講到中醫治病和現在醫學的不同，她說有時要從整體的宏觀角度來看

「因」，但現代醫學反而在一些微觀的細節上打轉去對治「果」。這正如佛家所說：「菩薩畏因，眾生畏果」，著眼的層次不同。就好像發燒了就著眼在把這個症狀消去，而沒有考慮到要釜底抽薪，調整身體的平衡，而身體自己會把症狀消弭。她說了一個好笑的故事，大家就很清楚了，她是這樣說的：「有這麼一個動物園裡的管理員們發現，袋鼠從籠子裡跑出來了，所以啊，大家開會討論，一致認為是籠子的高度過低。所以他們決定將籠子的高度由原來的十公尺加高到二十公尺。結果你猜怎麼樣？第二天他們發現袋鼠還是跑到外面來，他們又再將高度加高到三十公尺。沒想到隔天居然又看到袋鼠全跑到外面。於是管理員們大為緊張，決定一不做二不休，狠狠地將籠子的高度加高到一百公尺。有一天長頸鹿和袋鼠們在閒聊：『你們看，這些人會不會再繼續加高你們的籠子？』袋鼠就說啊：『很難說嘢。如果他們再繼續忘記關門的話！』有很多時候，中醫只是把門關好就沒事了，但西醫就一天到晚在築那些高牆，而且愈蓋愈高，結果問題還沒有解決！」

一個半小時的課程結束了。只能說令人意猶未盡，低迴不已。

對於中醫，我之前的瞭解實在是相當地有限，看著這一屋子的人，這時候的我多少是有些心虛的。一開始看到這個女生就是老師，心中更是覺得不安，這甘老師看來比我年輕多了，居然是老師？我懷著很大的疑惑，一開始還心想如果聽不懂還是走了吧！但是甘老師一開講，我的疑慮就沒有了。她輕鬆而趣味的講解，很快地令我對很多以往沒有去思考的問題都有了不同的感受和認識。

我還呆呆地坐在椅子上消化這一切，只聽到Judy和甘老師在說什麼這個月的義診要開個會之類的話題。看著甘老師那一種爽朗的神情，真難和外面木招牌上那個虞體字聯想在一起。這真是個既特別又充滿矛盾的女孩子啊！今天來上課而認識這樣一位奇女子，也算是一大收穫。今天的午睡雖然犧牲了，但福禍相倚，世間因緣真是不可思議。

這時Judy跟甘老師說：「小對，妳還沒吃飯吧？我也還沒有吃呢！剛剛居然叫張阿姨把點心都帶走了，忘了留一些下來。」

「吼，對喔！被妳一說肚子都餓了。走，大家一起去喝粥！」甘老師說。

（小對？甘老師又叫小對？）

Judy走了過來說：「逞強哥，要一起去嗎？你不是還沒吃飯嗎？」

這時甘老師頑皮地笑著，她說：「這位大哥吃了很多我們的小點心，怎麼會餓呢？」

我又無言地苦笑著，這個漂亮女生是有些神經神經的，我相信我的臉現下一定非常紅。

我正要謝絕Judy的邀請，只聽甘老師說：「好啦！逞強哥別逞強了，一同去喝粥吧！別怕別怕！」

（四）

這時只見鍾哥正收了筆記要離開，他停了下來想問甘老師一些問題。「等一下！」甘老師說：「肚子餓了，還是吃飯要緊！鍾哥一起去吃吧！」

只見這位老先生笑了笑說：「不好意思，忘了小對老師還沒有吃飯啊！好，一起去，我也是想下了課再回去找東西吃。」

（小對？小隊？到底是哪個對？為什麼大家都這樣叫她？）

可能是剛才出了一身的熱汗，也不知道是否吹了風，我的頭好像漸漸痛了起來。也忘了和大家也不熟，怎麼好意思一起去吃飯？但實在頭脹地厲害，Judy問我今天聽得如何，我趕緊說太好了，如果能一直來上課我會很期待。Judy笑說：「我就知道你會很感興趣的。」

她下樓時從一個小房間裡拿出一本題為「現代人的中醫防身手冊」的書給我。

「好好讀，這是甘老師的力作！」

下了樓走到外面，頭還是很痛，這時只能傻傻地跟著他們二位一同去太平洋廣場的「正台灣清粥小菜」喝粥去了。

海外華人生活中最接近台北生活型態的大概非洛杉磯莫屬了。這種清粥小菜的店和台灣的差不多，各種家鄉口味的小菜都有，在南加州生活真是太愉快了。有好幾次想去別的城市發展，但就是這樣的生活環境讓人不想離開。

進到店裡坐定，才發現都九點多了，生意還是很好。

甘老師先點了幾個小菜，這時有位看來就是本店老闆娘的中年婦女走了過來。「哎啊！甘醫師來了。好久不見！我們的大醫王！」這老闆娘看到了甘醫師非常地高興：「甘溫喔！上次妳不是說我的咳嗽其實是胃腸方面的問題而開了藥給我吃嗎？結果真的一吃就見效喔！」

這時我注意到甘老師的臉上也有一種我常擺出的一代宗師的表情，她非常淡漠地說了一聲：「好……好。」這是本人面對一般電腦求救的群眾常有的神情，好笑的是她好像比我還臭屁！老闆娘和甘老師、Judy就這樣聊了起來。

這時鍾哥偷偷告訴我，這位老闆娘的先生的一條命就是甘醫師出手相救的，本來他的兩條腿都嚴重水腫了。

「男怕腳腫、女怕頭腫。當時的情況很危急啊！」鍾哥小聲地說。我聽了有點驚訝，這女生看來年紀不大，怎麼會這樣有本事。

只聽到老闆娘說：「甘醫師付了錢啊，不行啦，我要謝謝妳啊。我來請客啦！」

甘醫師客氣地說：「大家做生意賺錢不容易，不能這樣。」

老闆娘說：「這樣好，我送你們嚐一下我們的幾個新菜好了！」

於是一大桌菜擺了上來。

「甘醫師你們慢慢用，改天再聊好了！」老闆娘對甘老師非常客氣。我偷偷觀察了一下，發現這位小姐好像對這一切都很習慣了。

「好，大個子，今天算你老兄走運跟到本姑娘，今天用力吃喔！」

我的臉漲的很紅，不知道要講什麼，而這時頭愈來愈疼了。

反倒是鍾哥看著我說：「你是不是不舒服啊？」

我只好點點頭！

Judy說要不要回診所去看看。我趕緊說不必。

「逞強哥別逞強了，我來看看！」甘老師靠了過來，兩手同時把起脈來說：「是有些外感，但還好。頭痛是吧……哪裡痛？」

我剛說是兩側的頭在痛，她就用指甲在我無名指第二、三指骨的外側關節上用力一掐，我正想叫痛時，只覺得頭痛減緩了一些，不多久就完全解決了。

「怎麼樣，好多了嗎？嗯，那就好。手穴在很多臨時的場合非常好用。先暫時這樣吧！菜很多，你要加油了！」甘老師帶著期許跟我說。

太神奇了，怎麼會有這種效果呢？感覺一下子真的痛楚不再了。難道方才的頭痛是假的？我愈來愈多疑問。

但是只見Judy和鍾哥兩個人略點了點頭，就開始吃了起來。好像我這個精采案例並沒有特別了不起，船過水無痕！

茶過三巡，菜過五味，大家的速度都緩了下來，甘老師放下筷子，問鍾哥是不是有什麼問題？

「有啊。我是想問上次老師講【經方臨症心靈圖】的時候，有提到白朮和茯苓常一同使用，但比例有不同，有時白朮多時對胃火太旺、食慾太好的人這就不好，會令其胃口更大，我在臨床上有這樣的病例，但我還是想加強白朮又不想令其胃陽太強，這要如再加減別的藥呢？」鍾哥問的這個問題我當時真是有聽沒有懂。

接下來甘老師的回答更是令我茫然不知所以。他們三個人就熱烈地討論了起來，彷彿本人是不存在似的，什麼浮沈升降、什麼甲乙丙丁的，對我而言他們好像在說天書一樣。我有點不好意思，因為實在是中醫的基礎都沒有，也不知該說些什麼。看甘老師討論問題的認真態度，我好想也加入討論，但又不知從何討論起，慢慢地我能體會電腦白痴在面對很多問題時的無奈。

（回去要多少看些中醫基礎方面的書！）（為什麼？我也不知道！）

但甘老師很快察覺了這一點，把這個討論巧妙地結束了。

她笑著看我：「逞強哥，今天上課開你玩笑你不會怪小妹吧？」

「不會不會，受益良多啊！」

「說真的，我真希望聽的人多一些，我在想如果能夠拍下影片流傳，可能可以影響更多人，有更多粉絲，看他們的診就會輕鬆一些。不用我每天都重複地講同樣的觀念。可惜沒有這方面的人手。」

當她自稱「小妹」時，我有一種很特別感覺，一時也說不上來，總覺得心裡有一種甜絲絲的感覺，好像走在暮春三月的郊外一般。而講到了影視方面的事，我立刻衝口而出：

「我來吧！我有很好的攝影機，還有一套專業版的剪輯軟體！！」

「啊！逞強哥，真是太謝謝你了，你真該多吃一些本診所的小點心的！」

（五）

我是個性有些疏懶的人，雖然對什麼東西著迷的時候就會全力以赴地去學習，就像有兩年的時間我是拼了命地研究書法，但不再著迷後，就非常難得提筆了。但基本上如果沒有興趣的事是很懶得出手的。影視剪輯的工作很繁複，我在玩了一陣子之後就不再有興趣。我為什麼會一口就承擔下來影視紀錄的工作，我也不知道。對中醫有興趣嗎？還好啦。現在想來當時的想法是什麼呢？忘了！「此情可待成追憶，只是當時已惘然」。

走出這間清粥小菜館，南加州的夜晚是悶熱的。甘老師問我住哪裡，我說住在Diamond Bar這個城市。

甘老師說：「這樣啊，太好了。你能不能順便載Judy姐回去，她也住Diamond Bar。」她轉頭跟Judy說：「我得回去寫一些東西。不好意思了！就請逞強哥帶妳回去吧！」

「逞強哥，沒問題吧？」甘老師問。

「my pleasure！」我下意識地回答。

甘老師輕敲一下我的肩說：「啊！逞強哥你人真好。」

於是我又領到一張好人卡！距離滿一萬張就可入涅槃又近了一步。

Judy和我告別了甘老師和鍾哥之後，Judy一再跟我道謝。我偷偷回頭看了一眼甘老師，在告別了鍾哥之後一個人走著，我發現她表情立刻嚴肅起來，好像在思考什麼要事一樣。清麗的臉上有著一種堅定認真的表情，在燈火映照之下，一位彷彿出世間的女子在紅塵人群中行走著。我忽然想起她寫的虞字，那種平和中正中又有一股堅持謹敬的筆法，會寫那種字體的人，應該有的表情就是她此刻的神情。

車子開上六十號號公路往東。Judy先是打電話和家人說就快回去了，放下電話，她忽然說：「逞強哥是王大衛的好朋友吧？你年紀和他差不多嗎？」

「他是我國中高中的同學。」

「這樣啊，他說你還單身是吧？王大衛都兩個孩子了。你有女朋友嗎？」

「沒有。」我說，這樣的問題真是愈答愈辛酸啊！

「單身也好，很多事情都可以盡力去做，就像甘老師一樣。像我好不容易等到孩子大了才能全力學中醫。」Judy說。

這時我想到一個問題：「Judy大姐，像你和鍾哥都比甘老師大上很多，怎麼都會跟她學習呢？中醫不是愈老愈厲害嗎？」

Judy笑道：「聞道有先後，術業有專攻。我們小對老師可是醫術高強。你多瞭解她就不會驚訝我們為何跟她學習了。」

「不好意思，我一直聽大家叫她小對，為什麼？這個ㄆㄟˋ是哪個字啊？」

Judy說：「這是甘老師有一次跟我們說，其實她雖然登記的名字叫麗澤，其實她爸爸原來幫她取名叫甘兌，名為兌而字就可叫做麗澤，哪個兌字是吧，就是說明的說去掉言部的那個兌。但她媽媽覺得麗澤比較像女生的名字，最後登記名字還是用了麗澤。所以她說她是以字行。」

我聽了就覺得好笑，一個年輕女孩講「以字行」有點像老學究一樣。

我說：「原來是這個兌字啊！易經上說「麗澤，兌」。麗澤是兩澤相互附麗而欣悅的意思，這兌字應該是很符合她的個性啊！」

Judy說：「小兌一定會很高興你也知道這個典故，她也覺得兌字很好，就讓大家叫她小兌。她是一個很聰明而且用功的人，你不要看她講起話來有時瘋瘋顛顛的，她讀中醫的書是很深入而用功的。當她看診時更是再正經不過了。哎，這麼一位還沒結婚的年輕姑娘要擔負的事還真是不少。她老是說一個人的力量不夠，只有讓更多的人能欣賞體會中醫的高明處而發揚光大才能『燈傳無盡』！有時候我覺得她年輕的外表之下，內在深藏著古老的靈魂。」

「嗯，謝謝大姐今天找我來上課。但是你們今天在清粥小菜館裡討論的時候，我完全像傻瓜一樣有聽沒有懂，就覺得和大家程度差太多了。」

Judy臉上泛著慈祥和藹的笑容說：「沒有關係，這次的開課初衷就是要讓沒學過中醫的人來聽，像你這樣的高科技人才來學中醫可說是『秀才學醫，籠裡抓雞』！一定會很快跟上並超越大家的。」

「謝謝大姐的鼓勵啦！小兌老師她這麼年輕為什麼醫術這樣高明呢？」我很好奇地問她。

Judy大姐這時有點神氣地說：「這個問別人都說不出所以然來，問我可就是問對人了。但別跟別人說喔，小兌好像不太跟大家說她的師承，她是有些奇遇的。」

（以後有些祕密想公告天下，可以告訴這位Judy大姐）

我說：「也就是說她有一位醫術很高強的老師！」

Judy說：「沒有錯，小兌老師說她就是站在巨人的肩膀上才會一下子很高，這位高人在偶然的機會裡發現聰明又用功的小兌，聽說這位高人看一個人的相就知道她有沒有成大器的機會，小兌是人中龍鳳，又因奇遇得高人指點，加上她自己的用功，成就了一位不世出的高手，怎麼說呢？我覺得她實在是海外中醫界奇女子。」

我聽了就更好奇了，怎麼學中醫好像武俠小說中學武一樣。

「誰是她的老師呢？也在洛杉磯嗎？大姐見過這位高人嗎？」我進一步追問。

Judy搖搖頭說：「我也沒有見過這位前輩，他的行蹤不定，本來有一次機會小兌要帶我去見他，但他忽然改變行程就緣慳一面了。我只記得師公的名字是……」

Judy又想了一下才說：「是范雨農老師！」

（六）

范雨農老師？當時我沒有聽說過。那是第一次聽到范老師的名字，一開始並沒有很在意，因為那時並不瞭解中醫師承的重要性。

送Judy回到她那位於山坡上的豪宅後，我緩緩地將車子開回山下我住的小condo。在回家的路上，一直唸唸不忘的就是今天見到的這位麗澤老師。

「這樣的女子真是少見。也許有比她更漂亮的女生，但這種爽朗的個性和完全不相襯的內涵是從來沒有見過的。」

「她說：好，大個子，今天算你老兄走運跟到本姑娘，今天用力吃喔！」

「為什麼她要忽然走過來，兩手搭在我肩上？」

「為什麼她要在我肩上打一下？」

「以字行？呵呵……」

我躺在床上，再也睡不著覺。洛杉磯地區的夏天是非常炎熱的，今夜這一切顯得更熱。打開窗子只有一點點不怎麼涼的夜風。關上窗子打開冷氣，室內溫度降低了一些，但是不知如何更是燥渴了。

年逾而立的宅男，雖然知道很多事並不可能，但幻想總是人人都可以擁有的吧？這些年來這種事還是經歷過的。我長得不帥，頭太大而眼睛太小，略顯肥胖。好吧，我承認自己的肚子是大了一些。很多次遇見非常心儀的女生，大多是集滿十到十二張好人卡之後目送著伊人遠去。好幾次下定決心，要勇敢地把內心的話表達出來時，只見「人面不知何處去，桃花依舊笑春風」！什麼意思？意思就是說「早被別人追走了！」。後來信心愈來愈小，好人卡愈領愈多。也想自己會不會標準太高，但幾度擴大辦理、降低標準，居然還是沒有結果。想到這位「以字行」的小姐，其實自己心中最深處的那一點異於常人但幾次救度過自己的理智告訴自己，這一切只是自己的幻想，「如夢幻泡影、如露亦如電」。追不上的，宜早日放棄虛幻的想像，頂天立地、不計毀譽地做一個勇敢的宅男而續繼無奈且無聊地獨自生存下去吧！

躺在床上思潮起伏，難道我比人家差嗎？自己給自己來個優點大轟炸一下，想想黃某人身高一米八、智商一百八，體重才八十八，身強體壯、學識淵博、家世清白、熱心助人、富同情心、敬業樂群、孝順父母、友愛兄弟、注重環保、注意衛生、守時守信、守法愛國、整齊清潔、簡單樸素、迅速確實……

走入夢中，彷彿見有人佇立在一片桃花海中，那一片片漫天飛舞的花瓣是落英繽紛，那是暮春三月的時節，美麗的麗澤老師，就站在花雨中，我輕輕地走向花海的最深處，但不知人在何處，卻有一股幽遠深邃的香氣。咦？不是花香，那是一股淡淡的藥香……

回到職場，我又很快回到令人心安的0與1的世界中，在這裡我不用面對別人，我只要面對電腦。還是一樣的制式非名牌服裝，還是一樣凌亂但有序的髮型，還是一樣的在職場上安安分分地積極工作，但誰能知道我內心深處有一股新的火花燃起，眼看就要引爆一座渴求知識的火藥庫了。一走出公司，我直奔在加州小有的規模華文書局，買下所有可找到的中醫書籍。

＊　＊　＊

回到家，以往都是看看DVD或上上網隨處衝浪。在迷下圍棋時，一到晚上就上網找人下棋。當迷於書法時就寫字到深夜。當迷於模型時，整個屋子都是成品或半成品。上週日上完中醫課在喝粥時沒有辦法插上嘴時的痛苦，就化成了一股沛然莫可阻擋的力量，開始把身口意放在中醫的學習上，除了用最大力量在網上檢索所有可以看到的中醫資料，更把甘老師的那本「現代人的中醫防身手冊」仔細地讀了一遍，這本書中以中醫的一些觀點來點醒現代人在面對現代醫學帶來的好處之餘，也要正視在商業利益為考量的醫療體系中，如何自保以免為人所害而不自知。（作者按：讀者可參考另一篇短篇〈殺人不難〉）甘老師文筆優美、條理清晰，很容易在理性中提振你的自覺，在感性中喚醒你的良知，你會驚覺如果沒有一些防身的本領，你一不小心就會掉入醫藥的陷阱中而不可自拔。但看看買來的中醫書籍就不一樣了，可能是自己程度太差，有一些內容中有很大的差異性。有時跳過理論的學習，看看同一個病症在不同書或醫案中的看法差別不小，一到了用藥的時候也截然不同。有時會覺得不像是科學的研究，感覺上有一些藝術的成份。本來以為中醫的診治應該是技術性的東西，但看到很多書上強調不可為醫匠。儘管如此，我還是全力以赴地作筆記來讀。這種用功的程度大概只有考大學時才有。

不知是否甘老師的講課還是她的書的力量，以前讀來一定一個頭兩個大的中醫書，我好像如同一頭猛虎下山一樣，無所畏懼地向前衝去，雖然不盡然完全瞭解，但拿出宅男無與倫比的偏執態度，知陽陰、分五行、明經絡、辨藥方。好像後悔著之前沒能把身口意放在這上面一般，一週的時間不長，在週日來臨前，我被完全無法消化的中醫知識浪濤淹沒，但還是全力向前滑行。在遠方，有一個滿是藥香的人影。

＊　＊　＊

又是週日，迫不及待地走進「上醫堂國藥號」的二樓，只見這一次人數更多了，這間藥庫兼講堂可說是座無虛席，還有很多人是站著的，仔細一看這裡硬擠上七十多人，我帶來了攝影機，但差點連架三角架的地方都沒有。

這時甘麗澤老師從另一個房間走了過來，她看看人潮搖了搖頭。走上講台去說：「各位是不是因為上課不用錢還有點心吃而想擠進來啊？」台下大笑。

只見麗澤老師又說：「這個課是給沒接觸過中醫的人來聽的，那些週五晚上上過【經方臨症心靈圖】的課的人就不要來了，現在就可以回家了，不然這裡好悶啊！」

大家正在議論紛紛時，麗澤老師笑了笑說：「算了，今天都來了，想留下來聽的人就留下來，但是注意：只能聽課不能吃點心喔！」

她想了想又開玩笑說：「要不然大家都先回去，我和攝影機及操作攝影機的大個子留下來就好了，大家回去等著看影片不就得了？昔日佛陀講經有弟子阿難可以紀錄，大家都說阿難記得好，其實今天的攝影機不會輸給阿難的。只是沒有阿難這麼帥而已。喔，攝影的大哥，我不是說你不帥啦！告訴大家，這位大哥了不起啊……」

大家都轉過來看著我，我不知道我有什麼了不起的。麗澤老師接著說：「全部的點心他一個人就可以吃完了。」

我只能傻笑，但心裡卻有點高興，麗澤老師把我當成熟人。嗯，只有我留下來當然是可以的。

就是這樣可愛的一個女生，我又開始幻想什麼「賣油郎獨佔花魁女」這一類的故事情節了。

就在幻想不止的時候，一位看來有點白目的微胖中年婦女舉手說：「甘老師應該要收費的！【經方臨症心靈圖】上課有收錢，這個課不收錢不公平啊！來了一大堆人，這個課怎麼上啊？」

現場有些鼓燥，我看著麗澤老師，她笑容可掬地看著這位中年婦女。

她說：「上次請妳要服用甘麥大棗湯，妳喝了嗎？大姐？」

（七）

這位中年婦女先是一楞，之後也想不出如何接這一個無厘頭的話，當她正要說什麼的時候，麗澤老師已經開始講課了。

還是這麼有趣的課，比起上一週突如其來的第一次，經過了一週我多少準備了一下，今天的課顯得更有吸引力。麗澤老師雖然有時講話真的很另類，但是在言語中可以感受是一位悲天憫人、視病如親的一位醫者。

三個星期過去了，每次上完課，回家我都仔細地把上課拍的影片在編輯後做成DVD。在一面等著影片轉錄的過程中自己也一面用功地讀書。上週上課後，麗澤老師知道我在用功猛讀中醫的書，就開了一張書單給我，要我先看這些書。

她語重心長地說：「先把這些書看完吧！不然你會很迷惑。但有了這些書當底，你再看其他書就不會迷惑了。」

於是我的讀書計畫有了比較清楚的方向。就是要先把「傷寒論」、「金匱要略」、「黃帝內經」、「神農本草經」、「針灸大成」等這些經典的書先讀通了再做進一步的擴大。我心中有了一定的把握，就更是用功地利用上班之外的每一個時刻像海綿吸水一樣地學習著。另外有一個想法是，如果我不努力用功，就不能問出什麼有水準的問題來，沒有辦法和老師做出有意義的討論。

第四次課程上課是上「什麼是中醫的經典？」這樣的課。甘老師把中醫的兩大系統：「傷寒論闡發的方證對應派」和「內經為本的臟腑陰陽五行派」開展出來的各學說和派別演變以及歷史精神做了清楚的分析。

「有人問我說，清楚了這些歷史的演變對於中醫的醫術幫助何在？其實這會大大影響到你的整個診治過程，思惟不同，做法不同。」

這時這位白目的「甘麥大棗湯」大姐就舉手問到：「那這麼多派別哪一個是對的呢？誰來評議誰是對的？」

麗澤老師：「誰治好病誰就是對的，小病的話，病人是裁判，大病的話……裁判就是閻羅王！」

就是這麼帥！

下課後，我一邊收拾著器材，一邊還回想著上課的內容，想和甘老師說一下話，但一堆人都圍著她問問題，我只能遠遠地偶爾望著她，等會兒收拾完就回去，明天又是星期一。不知如何，一時之間覺得一個人隻身在美國是很孤單的。老同學王大衛常和我抱怨結婚的苦處和養兒育女的不易，我看他一家和樂的樣子，很難想像他說的是真是假。我說他是人在福中不知福。

討論。

「誠強啊，一個家庭要維持起來，只有『堅此百忍』四字可以做到！」還記得王大衛是這樣跟我說的：「哎！圍城內外的人有大的認知差距。」

就在胡思亂想的時候，鍾哥走了過來，問我聽了之後覺得如何。我把這一陣子開始發憤讀中醫的過程告訴他，他一直讚許我的精神。他也問我要不要參加另一個麗澤老師指導的中醫討論活動。這是在每週六的晚上在這裡的一個讀書會，是比較深入的臨床醫者的討論。

我苦笑道：「我是初學者，又不是醫生怎麼可以去呢？」

鍾哥：「沒有關係，上次有人說不是醫生可不可以去，小兌老師說沒有問題，如果能聽得懂而不要白目，大家想來聽都可以！看你這麼有心，來聽一下必有很大的啟發喔！」

「謝謝鍾哥，好！我真的很想去旁聽。我覺得現在才認識中醫之美是有些遲了，我對自己和生命有了很多不同的思考。」我說。

鍾哥這位老先生笑起來有一種慈和的感覺，他笑說：「我一開始接觸中醫也有同樣的感覺，但是你比我幸運多了。你還年輕啊！我起步太慢了，中醫不可免的有一些東西還是要背的，當時為了考加州執照考試差點累倒。真所謂『好（hǎo）讀書不好（hào）讀書，好（hào）讀書不好（hǎo）讀書』，這是無奈的人生啊！」

「喂！您一考上執照馬上就變成了老中醫，一下子身價就很高了，比起我們一天到晚還有人一看是這麼年輕的中醫在看診轉身就想走，差太多了吧？」一回頭，不知何時麗澤老師站在身後這麼說。

大家都笑了起來！

這時候Judy從一樓跑上來，上氣不接下氣而神色緊張地說：「小芬在醫院生了個男孩，但現在子宮大出血，西醫說只能把子宮拿掉，小芬不肯，他先生來向小兑求救！」

這個問題很嚴重，中醫可以治嗎？我有點疑惑。

麗澤老師秀眉一顰說：「我現在下樓配藥，之後Judy留在這裡負責收拾好一切關門，鍾哥能否麻煩您陪我走一趟醫院。」

鍾哥說他要去機場接他女兒不能去。

「誠強老弟陪小兑老師去一趟好嗎？」鍾哥說：「這麼晚了，但有這個壯漢保護老師一定沒問題！」

麗澤老師點頭說道：「事不宜遲，我這就去配科學中藥粉，現在煮藥來不及了，而我們也不可能把湯藥送進去！」

她又轉頭向我說：「逞強哥麻煩你了！」

（八）

我們在南加州洛杉磯的高速公路上疾馳著，雖然任務是這樣急切，但麗澤老師在我的車上，我覺得有一種奇妙的氛圍在車上。但看著麗澤老師握著一大瓶剛調配好的科學中藥並且不斷透過手機問那位「小芬」的先生最新狀況，我覺得這一切只是「我覺得」而已。

麗澤老師在手機上又請她的先生在她的大敦、隱白兩穴用指甲掐來止血，這時也只能臨時教他使用穴位止血法來救急了。

麗澤老師也向我說了一下她聽到的情形，原來這一位在加護病房中心急救的病人也是麗澤老師的學生，在產後有大量出血不止的現象。根據醫院西醫師的看法，在今夜可能要動緊急手術把子宮拿掉以免產婦大量出血死亡。因為已經輸了五袋血了，對於手術，我們這位小芬抵死不從，她的神智在此時尚清楚，她問醫生是否知道那裡是出血點，醫生說不知道，所以只能以切除子宮做為治法，醫生又提出以紮掉通往子宮的大血管為另一個方案。但這兩種方法都會造成終身不能再懷孕及各種難以想像的問題。最後醫生通知了檢察官來到現場，為見證是病人不願意手術，一旦死亡他們要把責任弄清楚。情況的緊急可見一斑。暫時只能用氣球置入來止血，但若無法自行凝血，手術是必要的。

一般人至此大概只會選擇相信醫師而做手術，但此手術會造成不再能生育的後果！這位女士應知道甘老師功力可以做到什麼程度。這是一個困難的任務，因為西醫院是不可能同意中醫師介入治療的，病人只能以點滴補充水份，完全不讓病人喝水，更何況喝中藥呢？這種情形之下，試問天下有多少人敢要由中醫來治呢？

「你知道我為什麼要找你來嗎？」麗澤老師這樣問我。

「嗯，我可以開車而妳就可以聯絡這位小芬的先生。」我說。

「主要是我覺得這時候要找個壯漢來壯膽氣，你知道嗎？小芬曾經說她先生家裡三代單傳，她想儘量幫家裡多加生些孩子。但這只是第一胎而已，如果這次保不住她的子宮，這個心願就無法實現了。所以我的責任很重！」麗澤老師嚴肅的表情更是令人心動啊！

「別擔心，我們大家對妳開的方子有信心。」我雖然這樣說，其實也不無安慰的作用。我想連西醫都已經說出這種重話了，中醫真能做到嗎？

「逞強哥，你覺得不可能，是嗎？」麗澤老師望診厲害，察言觀色的能力還會差嗎？她說：「這個方子原來也不是我設計的，這是東漢末年張仲景先生的方，你知道他是醫聖，聖言量必不同凡響，我有十足的信心這個著名的『膠艾湯』加減來止血是很有希望的，其中的艾葉是用焦艾葉，並另外加入黑荊穗、黑槐花、黑蒲黃也是止血的要藥！逞強哥，我不是逞強！」

在週日晚上四十五分鐘的車程，這在洛杉磯上班時間可能要一半小時以上才會到。

來到了醫院，我才開始覺得有點像是做賊！因為事出緊急加上西醫不可能允許湯劑送入，我們只能把粉劑偷偷地經家屬從急診室（夜間對外唯一入口）帶進去，利用醫護人員不注意的時候請病人吞下去，用手機聯絡好小芬的先生，我們算好時間若無其事地閃入急診室，畢竟不是任何人都可任意進出急診室。

這時一位高大的黑人護士走過來問我們什麼事，她問我們是不是剛從外面走進來？我和麗澤老師都不知如何回答，我不是一個很會說話的人，但這時我忽然覺得我也該有點表現一下，不能只由麗澤老師一個人來應付所有的事。

我表面平靜地說：「我們不知道這裡不能再進來，剛剛是陪一位朋友進來急診，但我妹妹妹想上洗手間一下，她有些急……」

說到這裡我指了一下麗澤老師，不錯，她臉上表現出一付誰不讓老娘上廁所老娘就殺誰的表情。

「沒有問題。前面左轉就是了！」高大的黑人護士同情而微笑的說。麗澤老師看了我一眼而面帶嘉許之意，她偷偷地把罐子交給我走向廁所方向。

這時小芬的先生從裡面晃了出來，我二話不說趁四週沒有一個人注意時把麗澤老師交給我的藥偷偷塞給他。

我和麗澤老師送藥之後不能久留只得迅速離開，因為我們是不允許進去的。目送著這位心急的丈夫緊握著那罐代表著最後希望的中藥粉走了，我和麗澤老師互望一眼，她輕吐了一口氣，我心中也鬆弛了一些。

完事之後，在深深的夜色裡，麗澤老師和我走出龐大的西醫院建築，今夜居然有些涼意，我們的車停得很遠，麗澤老師在情急之下只穿了薄衣，她似乎很冷，我才想起她上課時說有些病人令她沒吃飯就來上課，這事件來得急，她全力以赴之後一鬆懈，整個人就有些虛脫且發抖。

我脫下外套要她披上，她略遲疑了一下就穿了起來。

「我想把我的車留在診所明天再說，逞強哥，你可以載我直接回我的住處嗎？」

「嗯，我也不放心妳一個人回去。」

（九）

和麗澤老師走過廣大而停滿了車的停車場回到我的車子上，「你知道我為什麼想行醫嗎？」麗澤老師忽然問我。

「我想是為了行醫救人、幫助世上苦難的眾生。」

麗澤老師苦笑了一下，她低聲地說：「逞強哥是個單純可愛的人喔！其實學中醫在很多的時候是為了救度自己，因為面對生死病苦的無奈，誰不害怕呢？學了中醫，瞭解了人在天地間如何能順著天地之道活下去，再回來看生死就多了一點安全感。看似救人，實則救己。當你看了很多的病例之後，你會發現生命雖無常，但是掌握了生命規律，就能擁有一個無畏的人生。」

她一時間好似失去了平日的那一種活力，說話聲者弱了不少，我很擔心她會餓得受不了，想帶她去二十四小時開店的連鎖餐廳吃些東西。

「麗澤老師餓了吧？要不要吃點東西再回去？」

「沒有問題，我回去再吃。先吃幾顆這個寶貝就不會餓了！」她拿出一個看來是隨身帶著的小瓶子給我看，這個小瓶子呈翠綠色，上面用紅色的小篆寫著「至人唯真，深情實淡，化繁為簡，去末存本」，她倒出幾顆棕色而有一股清雅藥香的藥丸服下。

她看我目瞪口呆地看著她吃下好像武俠小說中的仙丹妙藥，忍不住地笑了起來。

「這是補益資生丸，我隨身會帶著一些，乾隆皇帝是中國少見的長壽皇帝，這就是他日常服用以保色身的珍寶。它的神奇功效是『饑者服之即飽，飽者食之即饑』！先服一點就能不餓而且有補益之功！下一次本姑娘可以賜一些給你，今日一事你也算有功，但切莫外傳。」麗澤老師說起話來就是有一種特別威望，我是不得不信的。她又說：「還有啊逞強哥，以後別再叫我麗澤老師，你就叫我小兌好了，你可比我老多了！」

「是的，小兌老師！」

「不要老師嘛，就叫小兌好了！這次之後也算有些革命情感，今後請不要太見外比較好！」

我當場傻在那裡，主要還是她這樣講話令我有些不好意思，又不知怎麼說才好。

「喂？你到底是要不要開車啊？」

「好……」我帶著笑意回答！

小兌，這個名字無論未來會發生什麼事，都將永遠地在我心中佔著一個甜蜜的角落。

小兌……

＊　＊　＊

週六的讀書會是小兌帶領她入門的學生一同學習的時間。本來是有點不敢去，但鍾哥找了我來，只好硬著頭皮來聽聽看。

進到「上醫堂國藥號」的二樓，果然有一些沒見過的人來上課，人數居然不比週日的初級課來得少。鍾哥一見到我就招呼我過去。

「今天又來了幾位在中醫學院唸書的學生，幾個年輕人運氣真是不錯，遇到了熱心的Judy，可以在學醫的初期就坐在這裡學習。」鍾哥感慨的說。

小兌進了教室，拿出一大疊印好的講義給大家，我不敢拿，畢竟我只是旁聽的而已。

小兌走過來問我：「怎麼不拿？」

我說我只是旁聽的人而已，不知道可不可以拿。

「你這個大個子又在那裡逞強了。快拿一本吧！這是今天下半段要講的『胎臚藥錄臆測』。嗯，對了，要告訴你上週日去醫院執行不可能的任務，結果很成功喲！」

我聽到這個消息真得很高興。

「聽說小芬不但血得以止住，而且全身都在服藥後轉為暖和，氣色也轉好了。本來在西醫院的治療下是全身發冷的。逞強哥這次可以記小功一支，獎品是上課講義一本！」

大家聽了居然鼓起掌來，我真是有些不好意思。畢竟我只是陪同去送藥而已。

我問小兌在課後有沒有時間，這段日子以來有些在學習過程中的問題想要請教她。她走近我，只聞到一股藥香。

「沒問題啦，等讀書會結束後好嗎？」她輕聲地回答。

小兌這時又到前面告訴大家說：「今天如上週所說的，我想請一位高手來和大家分享一下他近日至中國雲遊的一些心得，他說這是他近來整理出來的好東西。我這個松下童子已經告訴大家好幾次了。總算他走出雲深不知處又回到洛杉磯來。」

她這麼說完只聽不少人都在笑。

這時只見一位約莫是三十多歲的人走了進來，我立刻眼光一亮。他長得唇紅齒白，氣宇軒昂，面如冠玉，體態高雅。他的雙眉如墨，眼光如電。穿著一身看來應是名牌的服飾非常得體。任何人看到這名男子都會從心裡叫一聲「好個帥哥」。他長得大約跟「金城武」也差不了多少了。臉上帶著一種笑意，那是一種自信的笑意。

好幾個比較資深的學員認得他的都和他打招呼！

「行雲，你再不回來大家都快把你忘了！上次你分享的全息腹針臨床上真有奇效喔！等一下下課向你報告。」Judy用非常興奮的語氣看著他說。

這位叫行雲的青年向大家一抱拳說：「大家也好久不見，小弟到中國只是business trip，但在這段時間確實有些想法要向大家分享一下！」

我想小兌都願意把時間給他並聽他講課，相信此人必定有一些門道，畢竟大家都以很期待的表情看著他。

我看了一下小兌，只見她沒有平日嬉笑的神情，而是有些端正而沉默地看著他。這位是她的同門嗎？

我有些好奇地問鍾哥：「這位先生是誰啊？」

鍾哥笑了笑說：「嗯，我聽Judy說他其實是小兌老師的男朋友！」

「喔……」我表面平靜地應了一聲。

但這時在我的內心，只見大地崩裂，風雲變色，巨浪狂濤衝破桃花源中的平靜，我掉入了一個大地深沈的裂痕中，四方八方的土石洪流把我和整個三月的桃花都掩入最深沈的憂傷中。在敗壞滿地的花雨殘跡中…………躺著一個好人卡散了一地的死胖子！

（十）

在我唸大學的時候就有點覺悟，我所喜歡的女生都是自己能力所不及的，而可能有希望追到的女生都不是我喜歡的，也就是說，沒有女朋友是必然的。這幾個星期的夢一醒，自己也不得不苦笑。「落花有意隨流水，流水無情戀落花。」這本是佛家禪語，講的是對境起心的觀照，但在我這俗子凡夫身上，就只是對一廂情願的感情的一個寫照。這樣一個好女孩怎麼會沒有人青睞呢？曾聽過有人說人間世的真相是「每個人都是一個孤獨的個體」，我只能抖落一身的殘敗花朵，走出這一切，走向只有自己的下一站的人生。在美國多年，我不是這樣走過來的嗎？

我沒有知覺的坐在那裡，過了好久才注意到了小兑的男朋友已經開始講話了。

「……所以說有好久不見，這一陣子一直思考小兑常說的一些使命，要如何把中醫的美善推向每一個角落、每一個眾生呢？我們應該有一些不同的思惟，之前這些想法很模糊，現在，我有了一個具體的想法了！」小兑的男朋友說。

這時我才注意到白板上有他的名字——「辛行雲」。這也是從易經找來名字吧。

看看人家，他和小兑站在一起，任何人都要說一聲「fit」！就像是神鵰俠侶一樣的一對。這樣地耀眼，這樣地美好。想想自己，臉上不用寫字也可看出是一個道地的宅男。誠強啊！你要醒過來，這一些現在想來索然無味的單戀情懷，「你記得也好，但最好你忘掉！」大步踏出下一步人生路，踩碎夢幻空華，走入堪忍世界的人海中！

再回神過來，只聽到辛行雲神采飛揚地講著，好像全世界的人今天都坐在台下一般！只見他說：「……所以只有看清西醫為什會成功地主宰世界人類健康維護的主流的原因，面對它、瞭解它，這樣才能真正取代它！西醫的成功在於ＳＯＰ！Standard Operating Procedure！不論你在那裡看病，不論是誰來看病，所有的過程都是標準，沒有醫者功力高低不同造成的無所適從和個別差異，於是所有的案例都可以統計、都可以量化，公開的討論，公開的教材，就像所有科學的進步一樣，那是可以累積所有的研究成果而往下發展的……」

聽來真是很有道理，看來這位辛先生不但長得帥，更是一個人才！非常有說服力！我注意到不少人都在點頭。我不敢看小兌，我已無力再去探索什麼了。再往下聽。

「中醫有更大的病例資料，畢竟是發展了千年以上的醫學，但當一個平凡的西醫透過ＳＯＰ以及現代科技的設備就可以掌握和世界所有西醫一樣的能力和技術的時候，它就贏得了世人的信任。有一位我很敬佩、很了不起的美國名校電機博士就指出了：西醫利用了科技的進步而成就了現代醫學！這點觀察非常重要，中醫是更成熟的醫學，如果我們再把科技的進步加進來，就會如同帶角的老虎一樣利害！我的想法是：中醫的診斷中，最可能有大量資料可以完全由科技來記錄而標準化的就是脈診了！」

「是的，就是脈診！」

「脈象可以化成物理上的壓力、速度、振幅等清晰的數據，當一個人的脈診資料由標準一致的脈診儀記錄下來時候，這個人走哪裡、遇到哪個醫師，都可以調出脈診資料，用同樣的儀器來客觀地檢查，其結果可以和平人比較，更可以和他自己比較，各種藥物及針灸治療後的變化都可以透過儀器來顯示脈象的變化，而各種病態的脈象都可以清楚地對應出一組單味藥和一組穴位，六部脈象各有二十八脈，交叉組合之後的狀態都可以透過電腦顯示出最細微、最customized的治療方案，這是中醫的ＳＯＰ！大家一起來想像一個畫面：無論你走進世界上任何一個診所，只要有這一套已經標準化了的設備，透過網路連線，你的過往脈象和用藥用針都會立刻跳出來，每一個診治過你的醫者的心都會和現在你眼前的醫者的心透過脈診資料連接在一起，而千百年下來的用藥用針紀錄都會自動和你的狀況呼應著，醫者完成了所有技術性的工作後，只要跟著標準的REFERENCE走一遍，透過我們的資料庫的運作，他和過往的大醫家、神醫、醫王的出手就會完全一致！千年的傳承和智慧配合上高科技，中醫必為世界醫學的主導者！」

這時現場響起了一片掌聲，我也被這番精采的講演鼓動地身心踴躍！辛行雲果是人中之龍！我只能說佩服，我是不是該更成熟地祝福他和小兌老師！我心中這樣告訴自己：

「逞強哥啊！他不是你的情敵，因為你根本沒有追過小兌啊！和人家相比，自己是這樣地渺小，還有什麼好妄想的？」

辛行雲自信地笑著，他的雙眼神氣自若，這是英雄的眼神，更是智者的神態！（我當時是這樣地想要鼓掌，我在想小兌會喜歡他是必然的！）

他接著說：「這樣一來，中醫師的訓練和養成就更容易，而全世界的中醫師的診治病例都可透過這樣的標準而在沒有隔閡的情況下交換和討論，任何有效的治療都可一再地強化這個ＳＯＰ！『醫者意也』的時代過去了，平庸的中醫也可以透過這樣的系統成功地完成救治病患的工作！我們都見過甘醫師的功力，見過她治好這麼多西醫所謂絕症，我們從她身上見到中醫可以治的病到什麼程度，我們不會只有一個甘醫師這樣的天才，她的天才貢獻在這個ＳＯＰ上，我們就有成千上萬的甘醫師，中醫怎麼能不強大起來呢！」

當時我覺得真是真知灼見的一番話！他接下來開始講這次去中國雖然是為了自己的公司業務，但也造訪了一些中醫研究者，他要發展的「脈診系統」已經開始了，大約在明年就會有原型出來。但更有甚者是在得到資料後的診治方法，會用人工智慧配合龐大的資料庫，做最完整的全方位診治。

他的演說時間到了，但小兌還是把下半段的時間都給了他，全體學員都一致稱好。大家都盡情而高興地討論著。

於是他更分享了一些他整理的「脈象對應病證、病機及用藥、穴位」圖表，這是把由脈學整理出來的所有理法方藥加穴位，我們愈看愈驚喜，真是發前人所未有。

就在這時候，我偶然還是不小心看到了小兌，但她的神情有些怪，秀眉深鎖！難道她不認同這些話嗎？哎！我又去管人家的感受和想法做什麼，不是要大步地踏出去走自己的路嗎？

整個教室都沈浸在一種高昂的討論氣氛的時候，我的眼光還是無法跳開小　，她就像在歡樂風暴中的颱風眼一般地平靜，甚或還有一絲憂傷。

（十一）

「一旦中醫的療效為世人接受，而各種先進的科技發展下產生的醫療技術就會轉而為中醫所用，如果我們能對中藥做進一步標準化和量化，並引進各種現代醫學背後的一些學理研究，比方說：化學、生物科技、醫學統計學等等都為我中醫服務，那麼，這些成就西醫學成為主流和主導的力量就會全然為我所用，而真正成熟圓滿的醫學取得了優勢的地位後，將會是人類最大的福祉，而現代醫療體系中的各種醫療保險制度，將在中醫正式加入後有了不一樣的風貌。患者自身對中醫學的需求會迫使醫療保險體系不得不對中醫作出正面的因應調整。各位，我再強調一次，只有看清西醫學成功主宰世界的原因而就自身的優勢來採取行動，我們的理念才能有具體成功的一天！」

辛行雲點燃了所有學員的熱情，看來他是有很清楚而完整的計畫，而且也一步步開始他的行動。看著小兌奇怪的表情，我開始思索著辛行雲的想法，總覺得也許有些什麼不對，但一時也說不上來。

辛行雲一講完，大家都一擁而上圍著他，現場聲音高亢，人人情緒激昂。而我卻有著酸甜苦辣的不同感受在心中交織著，我緊握著手中的筆，忽然發現這隻原子筆居然被我握得彎了過去，是心中的壓抑以此釋放嗎？看看今天的筆記本什麼都沒寫，是辛行雲的論說太精采，還是我自己沒有心緒寫些什麼，我搞不清楚。

有人說：「一個人一生戀愛一次是幸福的！」可惜的是，我比這幸福的人還少了一次。一廂情願的人生，我走了三十多年，遠望著幸福的列車一班班地開出，我站在人煙日漸稀少的月台上，找遍了每個口袋，想找出那張車票但一無所獲。

我不知是否淚眼糢糊，隱約中看到小兌和Judy不知道說了些什麼而Judy似乎有些不解。就在這時候小兌站了起來，她往教室後面走了過來，她要去哪裡呢？

她居然走向我，我張惶失措地看著她走了過來，一句話都說不出來。

小兌兩手撐在我的桌面上微笑著說：「逞強哥，你不是說有什麼問題要問我嗎？」

她還記得啊，我都快忘了。

「沒關係，小兌，我想妳今天比較忙，不急啦！」

（男朋友回來了，想必有很多話要說，更何況人家有個很好的大計畫要實行。）

小兌有點神祕的低聲說：「我現在先下去一樓的診療室，你快收好你的攝影器材下來找我。」

我都還沒有開口，她就一溜煙地跑了。

只見辛行雲在和大家激昂地討論中抽出一點縫隙轉身問著正要下樓的她：「小兌待會兒要不要一起去吃些東西？我有東西要給妳……」

「現在沒有空，不急啦！」小兌一邊跑一邊輕擺她的手，也不待辛行雲說完話就迅速衝了下樓。

「辛老師，有沒有機會和你的程式開發小組見一面，我也有興趣加入。」有人很大聲地問著辛行雲。

「啊……你是說……喔，是的……嗯……現下只是起步，團隊……嗯……還沒有完全組好，可以先給我你的email嗎？」辛行雲望著小兌下樓的背影有些心不在焉。

這時我才發現我負責的攝影機還沒有關機，我趕緊地把機器關了，我迅速把所有的器材收好，充滿著不解地準備偷偷地下樓去。

這間「上醫堂國藥號」在這個華人商圈的一角，雖然外面看來不大，但上下兩樓的空間是很寬闊的。一樓有診間、辦公室、藥房、煮藥室，二樓是藥庫和教室，因為有代客煎藥，所以整間店面都有一股藥香。據說這是Judy和小兌一同開設的，這幾年來因為有很多中醫學院的學生來上課和跟診，這個場地漸漸地有些不夠用了。今天來的人不少，顯得更是擁擠，但當我小心地避開所有的人下樓去的時候，好像沒有什麼人注意到我。

為什麼要我下來，回答我想問的問題很重要嗎？但是小兌要找我總是令我有些高興，但隨及在走下樓梯時又對自己那不爭氣的高興又後悔了起來。就好像在月台上的我看到已經開出的車停了下來而高興一下，但是自己又沒有票，有甚麼值得高興的呢？小兌這個人本來就神經神經的，不知道她要做什麼。

一下樓只見小兌穿上一件淡紫色的外套，背著一個史努比的白色小背袋，真是可愛得很，我見了除了欣賞，又加添了一些不解。

我見小兌神色有些怪，正想要開口問一下她為什麼時，她把手指放在嘴前示意叫我不要出聲。

小兌推我一把說：「快，趁大家還沒有注意，現在快離開！」

（十二）

我為什麼要跑起來呢？不知道。總之就是跟著小兌跑了出來。她問我車子停在哪裡？

「啊，要坐我的車嗎？」

「就是要坐你的車！快！不要多問！」

奇怪，她又不知道我的車在哪裡，居然可以跑的比我還前面。

此刻心情非常奇妙，就像在月台上沒有買票上車而看著一班班列車開走的人，忽然來了一輛叫客的野雞車問你要不要坐，馬上有位立刻開，你心裡雖然滿是懷疑，但還是比一個人無奈地在月台上不知所措要好上太多了。

問題是這班野雞車要開往哪裡去呢？

車子沿著十號公路往西開，我開著車多麼希望十號公路永遠不要出現盡頭，在車上聞著這一股淡淡的藥香直到永遠，車子就算開進太平洋裡也沒有關係。

但有著令人搖頭理性的我還是輕輕地問小兌要去哪裡。

「嗯……對！就是這個出口下去，快！」

什麼？哇！我一時差點轉不過來，緊急往外殺出三個車道，總算有驚無險地下了高速公路。這位姑娘是神經病嗎？

這裡是蒙特利公園市，幾年前這裡算是新起的華埠，這兩年也開始被更多新的城市取代。九點多了，有不少店還開著，這裡有美國很多地方都比不上的方便。小兌要我開到一家賣越南三明治的小店前，她說忽然好想吃越南三明治。

越南三明治店在加州很多，以價錢便宜口味好吸引不少人。我有時也會吃，但小兌忽然要過來這兒買三明治是有些怪。

小兌點了兩份素食三明治，問我要什麼？於是我說我也來一份素食的好了。

「大個子別逞強了！」小兌白了我一眼轉身向店員說：「Please give us five vegetarian ones.」

「小兌，妳要吃這麼多嗎？」

「逞強哥辛苦地帶我來這裡買三明治，當然要多吃一些啊！」

我注意到小兌好像完全不把她這一切突如其來的舉措當一回事，很輕鬆地在看有些什麼飲料可以點。

她指著價目表說：「Two jumbo sugarcane juice！」

喔！我沒注意到在美國還有甘蔗汁可以買。有人說，全世界的東西都可以在洛杉磯買到，這真是一點都不假啊！

在等待食物的時候，我還是忍不住問了：

「小兌，妳為什要突然跑出來呢？我……」

不等我問完，小兌忽然問我：「我看你聽了那個『行雲流水』的一番話好像大受感動嘛！看你不時猛點頭！」

我想了想，抓抓頭說：「嗯，以一個學理工的人來看，他的一番見解是很迷人的，聽來合情合理，條理分明，只是……」

小兌這時才略顯嚴肅地問：「你覺得有不妥嗎？」

我理了理思緒，也不知是否是出於對辛行雲的奇妙的反感，還是對小兌心理的一點猜測，我講出以下的話來，連我自己都嚇一跳。

「小兌，我不知道妳怎麼想，但我覺得辛兄的看法呢，對於在現代醫學主宰的世界裡要把中醫推展出去可能是很好的，但是我腦海裡慢慢浮現出一個念頭……也不知道對不對……」

「說嘛，說錯了你出錢，說對了我讓你請客。」

「啊，是……嗯……我覺得如果我們都一直想著師夷之技以治夷，用科技和精密的設備，也加入現代醫療保險體系成為主流的話，有一天這樣的中醫是不是也會成為一個不是以眾生利益為考量，而是也成為另一個business呢？」我有點心虛的說著。

小兌點點頭，帶著甜甜地微笑說：「說下去……」

「一旦我們也依靠機器和各種設備，中醫的成本和收費都會日漸提高，而去結合以商業利益為最高考量的醫療保險業，各種人事費用及商業團體的利益將會主導一切，而當中醫有這樣的門檻在前面的時候，又會有多少人會在這門外呢？我對中醫的一點初淺瞭解，中醫乃是順天地之道而生，所有的藥都是天地自然生成的，所有的醫療都是人類祖先在和自然的搏鬥中留下給所有子孫的遺產，中醫是平等而廣大的，一棵大榕樹下一個人一雙手就能做全科的檢查、診斷、治療……

這才是中醫之美，這才是中醫之所以為中醫！！！…………」

小兌眼眶忽然紅了起來，一滴斗大晶瑩的淚珠沿著粉嫩的頰而流下。這使我當場嚇了一跳。天啊！旁邊的越南朋友們見我義正辭嚴地說話而小兌又哭了，恐怕還以為我在罵她呢！

小兌輕輕地說：「其實我也不知道『行雲流水』這樣說對不對，我心裡總有像你所說的，這樣的不安……」

小兌果然非一般兒女作態的人，真實的感受使她哭了。但也很快地、很大方地把淚拭去，她搖搖頭笑著說：「逞強哥看來笨笨的，但說起話才知道是大智若愚的一個大個子。平常不說話都在裝傻，這種人最會騙女孩子了。」

我除了傻笑，也不知如何說下去。

「噹！」櫃檯的鈴聲一響，店員叫出了我們的號碼，這適時化解了我的尷尬。

本想付了錢就坐下來吃的，小兌示意要我把東西打包帶走。

「逞強哥，你有沒有在仲夏夜裡把腳泡在海水裡，赤腳踏在細沙上的經驗？你知道那種感覺嗎？」

「嗯，沒有嘢，妳可以告訴我嗎？」

「我……也沒有，走吧，我們現在就去海邊，三明治邊開車邊吃！我們去把腳泡在海水裡！」

於是車子又上了十號公路駛往Santa Monica，在穿越最熱鬧的洛杉磯市中心的公路上，我簡直想不起什麼詞句可以用來形容這一刻的心情，只好不能免俗地告訴自己：我們住的這個地球是一個奇妙的星球！

（十三）

我們來到了美麗的濱海城市Santa Monica（聖塔莫妮卡），你要是白天從Pacific Coast Highway往南在Channel Rd左轉往東，再右轉Ocean Ave往南，就會感覺到眼前一亮，沿著斷崖上的道路能欣賞美麗的Santa Monica海岸風光。而晚上的Santa Monica更是迷人，熱鬧的街市把海灘整個點亮起來，每一條街往西走到底都可以通到海灘，在夏夜裡來這裡感受清涼海風和開闊的視野是很棒的一件事。我只來過一次，主要是自己一個人來玩而看著來來往往成雙成對的人們是沒有多大意思的。

我們很高興地在沿著海灘的路邊停車位上居然找到一個停車位，坐在車上吃著三明治，就覺得自己的運氣真的是不錯。遠處看的是Santa Monica Pier碼頭上很有歷史性的摩天輪、雲霄飛車，它們聳立在一個叫Pacific Park的遊樂園裡。

我看著巨大的摩天輪，想起一件事：「小兌，妳看過電影Titanic鐵達尼號嗎？」

「喂！什麼態度？本姑娘是住在活死人墓裡的小龍女嗎？Titanic當然看過囉！」

「對不起，妳醫術高強，我想妳應該都在唸醫書而沒時間看電影。電影Titanic鐵達尼號中，歷史上最巨大的輪船載著眾人啟程前往新大陸追尋新世界的夢想，還記得在有一幕宴會前主角Jack曾對Rose描述Santa Monica，並承諾要帶Rose有一天要來Santa Monica坐雲霄飛車坐到吐，然後騎馬到海浪中，妳記得嗎？」

「沒有什麼大印象呢！」

「Jack所說的遊樂園就是在我們眼前了。Titanic電影最後鏡頭帶到個相框，照片是Rose一個人在海邊Santa Monica Pier雲霄飛車前騎馬，旁邊是年老沉睡的Rose，Santa Monica Pier這個重要的象徵前後呼應貫穿了Titanic電影，無聲的詮釋了Rose對Jack生死不渝的愛情，不過能看懂這暗示的人不多。」

小兌遠望著Pacific Park，隨即閉上眼睛。彷彿在品味著這個故事，在她的臉上有著甜美的微笑。她睜開眼看著我，又搖了搖頭似笑非笑。

「逞強哥怎麼會注意到的呢？」

「一個不讀醫書的宅男時間很多，這種無聊的無用知識是學了不少！」

「喔！」

看著摩天輪，小兌一時不說話。我也不知道她在想什麼。這短暫的沉默令我有些不安。有一個小小的疑問在我心中漸漸地擴大，小兌不和男友來這美麗的海邊，找我來這裡做什麼呢？她不管辛行雲的感受嗎？

小兌把吃完的袋子放到一邊說」「走，逞強哥，我們剛吃飽就去坐雲霄飛車坐到吐吧！」

我此時有點不知所措，因為我最怕坐雲霄飛車了。

小兌笑道：「看來你是不敢坐雲霄飛車的膽小鬼啊！我真是錯看了你了，逞強哥……」

「妳怎麼會知道的？」我不安地直擦額頭上的汗。

「哎，本人每天在那裡望聞問切，還看不出你的心裡想什麼嗎？」

她這一句話令我嚇了一跳，好像我的心中的種種都被她看穿了一樣。

「算了，你等我好了，本姑娘決定今天自己去坐雲霄飛車坐到吐！」她做勢要走。

我也不知道是怎麼了，脫口而出：「妳還是找辛兄一起來坐吧！」

小兌轉過頭來看著我，我立刻發現我說錯話了。她面無表情地似乎要看穿我。誠強啊，你真是笨啊，辛行雲關你什麼事，人家要找他自己會去找，你是在多事什麼呢？

一秒、兩秒、三秒……時間像是過了一世紀一樣。雖然她生氣也是這樣的美，但我還是聽到了自己的心跳聲！

忽然小兌笑了起來，那是一種惡作劇後的得意笑容。

「太好笑了！逞強哥你好像真的嚇到了！」

我全身這才放鬆下來，眼淚差點掉下來。我在這個女生面前真是軟弱無助得很！小兌顯得很得意她的這個動作確實嚇到了我。

「你是要說那個『行雲流水』是我的男朋友嗎？」她把手搭在我的肩上一派輕鬆地說。

「嗯……」

「是Judy說的嗎？」小兌把空袋子打在我的頭上說。

我有些委屈地說：「是鍾哥他老人家告訴我的。」

小兌又笑了：「哇哩咧！鍾哥喔！連這個老人家都這麼喜歡八卦啊？天啊！我們下週起改上易經講八卦好了。」

「對不起，我不是有心要提到這件事，但總是……」我囁嚅地說。

小兌正色說：「辛行雲喔……好像每個女生都該喜歡他……嗯，我承認我是喜歡這個男生。」她說完一口氣搖下車窗。

遠處的燈火照映著小兌美麗的臉龐，開著的車窗沁入了清涼的海風，把小兌的秀髮吹散，她細纖如同白玉一樣的手撥弄著瀏海。這一幕是我人生中最美好而又令心動悸不止的風景，我不禁覺得能有這樣相處的片刻就足以珍藏一生而無悔了。

（十四）

我傻傻地看著小兌，小兌終於忍不住打我一下。

「喂！你有沒有在聽本姑娘的心聲啊！」

我還是說不出話來。

她向我笑了笑就逕自往前走向海灘，我只好跟著走過去。

走在沙灘上隱約地聽得到Santa Monica市街上的喧鬧聲，但海浪衝擊沙灘的聲音似乎把我倆從塵市中暫時隔了開來。小兌脫掉鞋子走在細軟的海沙上。

「逞強哥，這種感覺好舒服，還不快脫了鞋！」

我只好小心翼翼地脫了鞋，慢慢地跟在她的後面。海沙還有一些落日後未散的餘溫，腳踏實地的感覺非常好，我們走到海水中踏浪，海水是清涼的，我看著海沙埋沒了小兌潔白的腳踝，海水也打濕了她淡綠色的褲管，有點緊張。正待要提醒她褲管會濕掉，她轉過頭來看著我，眼神好像告訴我要說說話。

海水的清涼總算使我開口了：「今天晚上上課時，我覺得妳的心情很不好的樣子，是因為辛兄的一番話嗎？」

「不是啦，其實今天找逞強哥出來吹海風，是因為心情一直很不好，這跟那位『行雲流水』先生沒有關係，我另外有事在心煩。」

「妳和辛兄在鬧彆扭嗎？」我小心地問著，也有一點想把所有的問題都問完的衝動，說完又有一點後悔，沒事扯這個幹嘛呢？

小兌看著我，好像明白什麼似地點頭。

「他和我沒有什麼特別的關係，他也不是我的男朋友。一開始都是Judy在那裡起鬨說什麼『辛甘發散為陽』，硬把我和那位『行雲流水』湊在一起。我一開始也覺得對他的印象還好。嗯，他是一個迷人的男生，不是嗎？……」小兌有點無奈的說：「但在眾人的祝福中和他相處一陣子之後，我退卻了……我想他不該是我生命中的夥伴，雖然在醫理上時有討論，但是不知道為什麼，我就是覺得他和我是不相交的兩條平行線。」

她的聲音愈來愈小，好像是說給她自己聽的，但很快的我知道為什麼。

因為不知何時開始，遠方的天空有煙火昇空炸開，這時進入高潮的陣式正展開著，燦爛的火光令人不得不大叫一聲好。我們看著這美麗的天空，我覺得今夜的種種真是不可思議！

「小兌，我想問一個不知道我適不適合問的問題……」我有話想說，但又想把聲音溶入遠方的煙火聲中。

「兄台今日有事且請直言，但說何妨，莫效小兒女作態。」小兌這時又開始了頑皮的語氣，這令我的不安降了一些，真該謝謝她的體諒和細心。

「我……」說什麼呢？

「喂！你就說啊！你怕我會吃了你嗎？本妖千年修為，只想吃唐僧一肉以倍功力，可不想吃什麼過重的宅男啊！」

我真的只能苦笑以對。

「我……我想……問女何所思，問女何所憶……我……想問妳上課時是在憂心什麼呢？」我在講什麼啊！

小兌嘆了一口氣說：「喔！你問這個啊……」

她在海水中停下了腳步，表情轉為嚴肅地說：「跟你說也沒關係吧？你知道我的老師嗎？」

「我聽Judy說過，是一位范……范老師。」

「喔……Judy都跟你說了。嗯，三天前就收到在中國四川的一位同門的胡師兄說，范雨農老師一個人進入四川被譽為『蜀山之王』的『貢嘎山』上說要找一位修士，但已經有三天沒有跟這位胡師兄聯絡了！也沒有其他人知道他的消息。」

「也就是說到今天是第六天了？」我問。

「嗯！而且在剛剛『行雲流水』講話的時候，我看到手機上新的email，原來胡師兄知道老師疼我，居然又再問我老師有沒有和我聯絡。也就是這樣我才知道范老師還是沒有被找到。」

「所以妳就是因為這樣才一臉憂慮的。」

「喔！你以為那位辛先生講的話我一直放在心上嗎？要不是擔心老師，我還是會專心受教的。你想如果我不想聽，我會請他來個心得報告嗎？不過剛才出來之後，我想我太多慮了。范雨農老師是何等的人物？除了醫術之外，更是一位精通命理易數的大師，出入的吉凶、進退的福禍，他是了然於胸的，加上一身武藝，我想應該不會有事的！」

「那就好！」我也放心了不少。這位范老師雖沒有見過，但能教出小兌這樣的學生，絕對是很了不起的人物。

我們走著走著，漸漸接近了Pacific Park。

我忽然想起了一件事想問小兌。

「妳知道嗎？第一次上課前，我在上醫堂的門口看到妳寫的招牌，我一開始還以為這位麗澤是一位老先生呢！」

小兌大笑說：「結果很驚訝是一位千年的美麗女妖精是吧！」

我笑了笑：「是嚇了一跳，因為妳寫得孔子廟堂碑體真是太沈穩渾成，和妳給我的第一印象相去太遠了。」

小兌這時顯得很驚訝：「逞強哥，你怎麼知道這是虞世南的字體呢？」

「我在洛杉磯平淡無聊的生活中也寫過兩通這個帖子。一直寫不好，可能是之前好寫褚字，輕靈變化的字寫熟了，漸漸溶入在自己的血脈裡，一寫平穩寬厚的虞字就比較難得心應手，從此就很愛虞字。說了請不要笑我，人就是這樣，愈難入手的愈是想追求到。看著妳的字，就覺得這是一個很清靜和雅的人寫的字。我很想當面請益一下這位『老先生』！」

「那你覺得我是一個清靜和雅的人嗎？」

「妳是，也不是。孔子說：『君子不器』，一個君子不能為框架所拘，而要能隨方就圓，不能被指定為怎麼的人。可以『小窗獨坐讀周易』，也可以『把吳鉤看了，欄杆拍遍』，可以『恂恂如也，似不能言者』，也可以『踏殺天下』！」

小兑笑了笑接著說：「這位小兑君子可以一方面『謹而信，泛愛眾，而親仁』，也可以同時是『我本楚狂人，鳳歌笑孔丘』，可以『觀音慈眉』，也可以『金剛怒目』！」

我也笑道：「所以說這位小兑君子的心境可在清靜和雅之中，但小兑君子的言談表現可以或詼諧，或搞笑，或狂狷，或低迴！」

小兑放聲大笑，她把腳向前一踢，把海水踢得很高，她隨手把她的史努比的小背包往上一丟，害我嚇一跳，就怕它掉進海水中，但她很驚險地把小背包接了起來。

「痛快！痛快！今天小妹總算是在南加州遇見逞強哥這位『今之古人』！」

我一向不太和別人深談，尤其是和女孩子深談更是沒有機會，有幾次遇到了漂亮的女生，但聊了一會兒就索然無趣，覺得話不投機。我不能聊時尚風格，不會講中外笑話，不想談明星八卦，不喜歡理財企管。但和小兌談話，我覺得可以非常愉快，時有會心之處！

我的心裡和小兌一樣也想瘋狂地表現那種興奮。

「走，我們去坐雲霄飛車坐到吐！」我抓著小兌的手往前衝！

（十五）

我抓著小兌的手往前跑，只覺得她的手柔滑纖細好似無骨一樣，當時可能是一時太興奮了，只顧著往前衝，忘了自己的行為是很唐突的，等到我略回神過來發現了自己的衝動的時候，已經抓著小兌的手往前跑了十幾公尺。

這時小兌忽然把手一鬆，有些奇怪地看著我。

我也驚覺自己的行為未免太過魯莽了。一臉尬尷地說：「小兌，不好意思……我……」修練多年的宅男在這一刻覺得三十年修為一時化成烏有，熱汗從我的背脊上往下流，我只覺得這一刻時間也凝結在這南加州美麗的海灘上。

只見小兌搖了搖頭，不待我把話都說完，緩了緩氣就笑著說：「逞強哥，你跑得太快了，我們的鞋襪還在後面五百公尺處，你要打赤腳去坐雲霄飛車嗎？」

這時我才想起來我們還赤著腳踏在海水裡，沒有穿鞋襪要走上大街去Pacific Park是有些說不過去。

我啞然失笑，隨即連聲道歉，兩人慢慢地走回頭去找鞋襪，擦乾了腳穿上鞋襪之後，覺得兩腳舒服極了。

我們默默地往遊樂場走，這下心情是平靜了一些，只能再一次地在心中感謝小兌沒有讓我更尬尷，但一時我也不知要說什麼。看小兌倒是一派輕鬆，還在甩著她的史努比的袋子。

小兌還是先開口了：「逞強哥，你不是說有中醫的問題要問我嗎？」

我輕吐了一口氣：「嗯，問題有很多，寫滿了我的筆記，但有一個是比較基本的問題我想先請教一下老師……」

小兌向我吐了吐舌頭，說：「大哥有事當面請講，請教二字實不敢當。」

「好，我的問題其實是上了你的課後再四處找書來看之後慢慢凝聚起來的。」

「什麼問題如此困惑？」

我凝神說：「妳還記得嗎？在上課時妳提到扶陽為中心的醫道，但在金元之後漸漸地滋陰的想法成為主流，這到底是那個才是正確的？而在醫聖仲景先師的傷寒論中雖見多為陽藥，但也有以滋陰藥為主的方，更明白的說陽藥、陰藥在很多方劑中有一定的配伍以達調整陰陽的效果。而以滋陰為主的大家，也把仲景方中很多以陽藥為主的方劑放在其診治的思惟內。」

海浪打在沙灘上，發出令人心情為之平和的聲音，細白的浪在光影映照下更顯得迷人。

小兌正色說：「其實強調扶陽理論的大家，主要是針對時代的偏執發出的訊息。如果是一味強調滋陰或一味張顯扶陽，在面對變化多端，因緣各異的病人時，有時不免會有些偏頗之處。很多時代和環境的因素會造成一些通見的體質，在臨床上，我看到陽不足而陰有餘的病人較多。現代人物質環境充分，要長養色身不乏沒有物質，和常年戰亂的時代就有所不同。而生活的習慣，飲食的不當，就造就了現今很多時候必須扶正陽氣以治其偏的現象。但也許下一代人所處的世界會有陰不足的情況較多。逞強哥，你想在宋朝時候為什麼會有【太平和劑局方】的產生，那是因為古人中醫養生的觀念很普及，所以很多時候生病只輕劑一推就可以把人民的健康照顧得很好，而因應時代需求的方劑就會在那個時代成為顯學。」

「所以上次妳強調的扶陽思想也是一種時代的反應而已？不是唯一的準則？」

「我是這樣去思考啦！逞強哥，中醫是行中道的醫學，『允厥執中』才是本來面目。你是聰明人，國學底子也好，但別忘了，只有把病人治好而不傷正的醫學才是對的，我對學理的推演雖然也很喜歡，但總是把老師告訴我的『中虛為明』放在心裡。」

「嗯……學中醫還是要以夫子所言的『勿意、勿必、勿固、勿我』作為醫者心中的態度，妳覺得……這樣說對嗎？」

小兌把雙手放在我的肩上肯定地說：「范老師一定會喜歡逞強哥這樣的學生。」

小兌想了想說：「上次本姑娘說要賜你一些補益資生丸，看你表現尚可，來，這個給你……」

小兌拿出了那個呈翠綠色，上面用紅色的小篆寫著「至人唯真，深情實淡，化繁為簡，去末存本」的那個小瓶子。

「啊……不好意思。我回去後把藥丸裝倒出來，下次把瓶子還妳。」

小兌微笑說：「這個瓶子也一併賜給你了！要小心保管，這……是范老師送給我的！」

我驚訝地說不出話來，這是什麼用意呢？我開始胡思亂想，口乾舌燥，但小兌卻是很輕鬆地把這個瓶子塞進我的手中。

我們走出沙灘走上行人道，我們走著走著接近了Pacific Park，但一走近才發現已經關門了。

「看來今天不能坐到吐了！」我有些失望的說！

「沒關係，有些晚了，明天早上還有一個會議要討論，我們在下個月要辦的義診……逞強哥你星期天的早上有事嗎？」

「沒有事……」

「那你也來一趟好嗎？你願意去參加義診嗎？」

「我是想去，但小兌啊，我又不是醫生？」

小兌又燦爛地笑了：「我們是要徵求苦力來搬東西的，大個子最適合了！」

我當然是點頭答應。

「明天我有兩位從北加州矽谷來的師兄，一定要介紹給逞強哥認識一下！」

（十六）

再一次穿過大洛杉磯地區的大大小小城市回到東邊，有時候我會想：難道我的人生就要在每天通過高速公路，穿梭在這些城市中度過嗎？這是一個怎麼樣的無盡循環，想來還是有些可怕。

我把這個想法告訴小兌，她反問我一句：「你離開南加州到別的地方去不就得了？」

「我很懶，很怕改變！趨向穩定的不變才是生命的常態吧！」我心虛地說。

「這不對！」小兌有些不屑的說：「變易才是人生的常態，你不是學理工的嗎？宇宙的常態就是一切趨向最高亂度！你沒有一點『熵』的觀念嗎？」

「啊……是啊，以前學的都快忘光了。小兌，妳真是博學強記啊！」

「呵呵……這是范雨農老師告訴我的啦！」小兌不想讓我受傷太多吧？

「喔，是范老師說的……」

「嗯，好久沒見到老師了，很想念呢！」

「希望老師一切都好……」我見到小兌表情有點失落便這麼說。

小兌就在車上開始聊起了她的老師，原來小兌一開始學中醫並不是跟范老師學的，她的祖父就是一個中醫師，所以小兌在見到范老師前就開始學中醫了。

「祖父在我小時侯就離開了人世，所以除了一些他在世時的慈祥形象，他對我的中醫學習沒有很直接的影響，但是中醫的學習對我來說有一種親切感也是由他這裡來的。」

「那妳一開始的學習是跟誰學的呢？」我有些好奇地問。

「我本來出國唸書是學computer science，但有一個機緣去北加州找一位中學的老同學，她就住在她哥哥家，於是我認識了中學同學的哥哥邱日升醫師，他引領我進了中醫的門。於是我改唸了南加州的中醫學院……」

「妳家裡不會反對嗎？」

「家裡對我這個神經兮兮的丫頭早就習慣了，反正爸爸總是慣著我的，他完全尊重我想幹什麼，但媽媽就逼我非把電腦碩士唸完不可，想來好笑，我幹嘛這麼想進本地的中醫學院呢？後來進了學校不免有一些失望，但是就在我對中醫的信心有點動搖時，幸運的我因為邱大哥的介紹而能得遇恩師，他的醫術讓我知道了中醫能做到的程度是超越我能想像的！」

「喔，這位邱醫師也是范雨農先生的學生啊？」

「嗯，明天你會見到我的這位師兄，還有一位王大衛醫師也是同門，逞強哥會很喜歡這兩位的。」小兌很期待的樣子。

「咦？妳的另一位師兄也叫王大衛啊？那真是一個菜市場名字。」

小兌也笑了：「對啊，我們南加那位王大衛說要學中醫，後來就不見了！」

「家庭因素啦，沒有辦法……原來小兌是在北加的師兄引介下認識了范雨農老師，於是我們大受歡迎的神醫小兌醫生就誕生了！」我說。

「逞強哥」小兌忽然變得嚴肅起來：「我不認為有什麼神醫，而我自己更不是！范雨農老師說過，面對疾病我們不得不謙虛，要以『一期一會』這種的心態看待每一個交到我們手上的病人，我們只能精進自己往神醫的目標趨進。范老師說過，天下沒有完全能治萬病的醫學，在他心中只有良心的醫學和誠實的醫學可以為我們所本。任何一個醫學都應以這兩個目標來量度，什麼樣的醫學合於良心的醫學和誠實的醫學，就是我們該追求的醫學！」

「小兌……不好意思……」我沒想到她忽然嚴肅起來。

「逞強哥，對不起，我在這一點上是有些認真的。所以這三年來開始開業看診，說真的，戰戰兢兢地看每一個病人，這是很累人的。最近覺得自己精進的機會不是那麼多了，其實很想多給自己一些充實自己的時間。但Judy很有辦法，我們的診所生意好到不行……我很擔心我會忘了『一期一會』這種心情。」小兌有些無力地說。

平常在公路上開車時覺得時間過得真是慢，但聽著小兌談她學習中醫的往事，就覺得好像一下子車子就穿過了整個大洛杉磯地區的城市了。

因為小兌的車還在原處，我還是載小兌回到上醫堂國藥號所在地。

小兌的車就停在上醫堂國藥號的門口，都已經十一點多了，當我們一靠近小兌的車時，就發現有人站在她的車子旁邊。

我定睛仔細一看，是那位辛行雲！

看樣子，辛行雲已經在那裡等了很久了。我們走下車時，我有些不知所措，但辛行雲還是帶著一種笑臉，那是一種你不能猜透的笑臉。我用眼睛的餘光看到了小兌臉上的一片漠然。

他向我點了個頭，我正在想也點個頭時，他上前來和我握了握手。

「我想我該要走了！晚安了！」我向他們兩個人打了聲招呼，忽然感到有點失落，我本來只是一個旁觀者才對啊！也不敢多聽他們的談話，但就在上車的那一刻，隱約地聽到他們的爭吵聲。

我該停下來嗎？當然不行，想想還是不該介入，我加足了油門，離開了現場，再一次地奔馳在高速公路上！

（十七）

第二天是星期天，就在清晨再回到「上醫堂國藥號」。星期天清晨的洛城是這樣地和詳，少了平日往來洶湧的車輛，終於有了可和燦爛陽光相匹配的從容景象。

一上二樓的講堂，並沒有見到小兌，只見Judy、鍾哥和幾位同學在那裡閒聊著。有兩位中年男子並沒有見過，應該就是北加州來的兩位醫師。

小兌呢？昨天回到家之後試著要打電話給她，但一直都沒有接聽。到底她和辛行雲發生了什麼事呢？今天的義診行前會是她很重視的，再加上兩位她的學長，她沒有出現真是令人擔心。

Judy為我介紹了這兩位來自北加州矽谷的醫師。

「逞強哥，這兩位小兌老師的學長邱日升醫師和王大衛醫師……兩位醫師，這是我和你們說的那個黃誠強。」

咦，這位也叫王大衛啊，這個名字真是菜市場名。Judy和他們提過我啊？她是說了什麼？

兩位前輩都長的高大壯實，雖說已經是四十好幾，但臉色紅潤，氣態從容。

向這兩位前輩介紹了自己。和兩位醫師握手的時候，覺得他們的手都溫暖而厚實。

「聽說黃兄弟是學電機的？」邱醫師這樣問我。

「是啊，所以我是這裡面最外行的。」

「莫作此言。你學的是電機，那可是同行呢！我和大衛都是學電機出身的。中醫嘛……可說是聞道有先後而已。」邱醫師笑著這樣說，聽他這樣說覺得心裡很溫暖。

我和邱醫師聊了一下，才發現他和我在台灣是同校同系畢業的，一時之間大家的距離更近了。

「學長學中醫有多久了？」我問邱醫師。

「呵，如果加上自己亂讀的也有十二年了。但五年前的奇遇才讓我真正登堂入室！誠強啊！你才剛學就遇到麗澤，可以說是個幸運兒啊！」邱醫師拍拍我的肩膀說。

「學長說的是遇到了范雨農老師吧？」

「是的。其實是先遇見了中谷的一位楊先生，他代傳了范老師的醫書，又過了一年多才有幸親見恩師！」

說到這裡，我不禁對范老師的好奇又增加了不少。但范老師不見了，現在小兌也不見了，這叫人不知該怎麼辦。

這時鍾哥問了一些用藥的問題，邱醫師大致回答了一下。說是九點開會，轉眼已經是快十點了。

「我們可以開始開會了吧？」邱醫師轉身問Judy：「還是我們要等麗澤來了再說？」

Judy有點為難地說：「真不好意思讓兩位久等，但從一早我就聯絡不到小兑，不知道她是往那裡去了……逞強哥，這就得要問你了。昨天好像看到你帶著小兑跑出去，辛老師也一直想找她，你得說明一下。」

我有些不知如何回答，因為我不想把昨夜的事情經過告訴旁人。這是一個宅男生命中最驚奇的一個晚上，雖然最後小兑發生了什麼事我也不知道。

Judy這時候看著我好像有些生氣，我一時也不知怎麼說才好。

「昨天辛老師問了我好幾次小兑去哪裡了？」Judy這時候的樣子看起來真是討厭，她面帶責難的說：「我雖不小心看到是你帶她出去的，但還是沒有告訴他，逞強哥一定有什麼事不肯說，小兑是很守時的人，而且兩位矽谷的醫師要來，小兑也高興了很久。她沒有理由不來的啊？」

面對著Judy的質問，我站在原地沉默了五秒才緩緩地說：「說真的，我也很想知道小兑發生了什麼事？」

然後呢？還是無言啊……

Judy再追問：「小兑昨天最後不就是和你在一起嗎？」

「不！不是的。」我有些不平地說：「他是和辛先生在一起！」

Judy冷笑地說：「方才我才在電話裡問過辛老師了，他說他也聯絡不到小兌。」

小兌，到底去哪裡了呢？

（十八）

Judy似乎覺得我應該要負責任，但我覺得這真不知道要從何說起。現場的氣氛可說是相當僵。我想我的臉一定非常地紅。

邱醫師笑著說：「別擔心麗澤啦！這丫頭精得很，誠強老弟如果要把麗澤騙走，今天就不會來了。」

就在這個時候，原本在一旁話並不多的王大衛醫生忽然開口說話了：

「我知道小兌可能會去哪裡了。」

王大衛的聲音低沈而有一種安定人心的力量。邱醫師和王醫師個性看來有很大不同，邱日升給人一種積極進取的、勇往直前的感受，像是一個部隊的先鋒，而王大衛看來總是在一旁思考著，就像是一位軍師。

只聽到他說：「剛才我才注意到有一封email在我的iphone裡，一大早范雨農老師就寫了一封email，他說他剛到奧利崗州的波特蘭市，他要我和日升、中谷的小楊、還有南加州的麗澤都盡快到波特蘭市的雙樹飯店去一趟，老師有很重要的事要告訴大家。這有些奇怪和突然，看來老師真的有很重要的事要說。但為什麼要去波特蘭市，嗯……必有深意。」

鍾哥好像想到什麼事似地說：「啊！小兒這位瘋瘋癲癲的丫頭可能已經上飛機去波特蘭了！現在在飛機上所以手機只好關機。」

大家都不約而同地點了頭。鍾哥的年紀足以做小兒的父親了，他像是一位了解女兒的父親一樣苦笑著。

大家都看著王大衛，因為他似乎是一個可以在眾人無所適從時做決定的人。他用手推了一下眼鏡，沈穩地說：「我們還是討論下個月的義診吧！大家的時間都有限，各位工作人員的工作分配和作業流程，以及很多的細節都必須討論。這是我們以純中醫義診所辦的一次活動，雖然不是大型，但深入窮苦的偏遠社區，是很重要的工作。事有輕重緩急，我們先把要事做好。」

鍾哥這時站起來說話了：「這次我忝為活動負責人，很高興請到了北加州參加義診很有經驗的兩位前輩來幫大家。根據邱醫師的計畫書樣本，我把這次活動的所有重要工作都印出來了，請大家一起看一下。」

我翻看著這份資料，才發現這其中有很多從來沒想過的細節，包括交通、法律、醫療法規、場地、保險、宣導、人力資源、流程、預後追蹤、健康教育等等各項工作。邱、王兩位前輩逐一向大家說明。

我從來沒想過位居世界強國的美國竟然有必要舉辦這樣的義診，聽了邱醫師的解說才發現這一切是這樣地令人驚訝，在美國有約兩成的人都不在醫療保險裡，一旦生病，有限的財力一下就會被拖垮了！根據人口普查，全美高達四千七百萬人沒有健保。全球已開發國家中，美國是唯一沒有全民健保的國家，而是人民自行向私營保險公司投保。同時美國也是全球醫療開支最龐大的國家，一年居然高達美金二兆四千億元。而美國的藥價之高令人咋舌，很多人會越過邊界去墨西哥或加拿大買藥，因為同樣的藥出了美國國境有時價錢連三分之一都不到。我一直都算健康，而且因為工作的關係也在健康保險的大傘下，從來都沒有去思考這些問題。

除了事務的討論和說明外，邱日升學長分享了不少他在中谷義診的心得，有不少故事都令人聞之動容。大家也就各種問題請益兩位先行的前輩，討論相當地精采而熱烈。

就在大家討論結束準備下樓一同吃中飯時，我的手機響了，我順手接起來，一聽這聲音就知道是小兌。

「啊！是小兌啊！」我說話的聲音一不小心太大了。

Judy用很奇怪的眼神看了我一眼，我也忽然驚覺這有些怪，畢竟她應該打給Judy才對。

「逞強哥，你猜我現在在那裡？」小兌有些興奮地問我。

「聽聲音像是洛杉磯以北約兩千公里處傳來的。」我先不急著說出來。

「吼！你怎麼知？我在波特蘭的？喔……我知道了，一定是王大衛學長說的！」小兌說。

我先請小兌和兩位北加來的前輩通話。畢竟她算是放了兩位鴿子，但范老師有吩咐，她雖然跑得有些突允，畢竟還是有正當理由的。

等小兌和Judy交辦了一些診所事務之後，我的手機又傳回到我的手中。

「逞強哥，不好意思讓大家都擔心了。對不起啦……」小兌在電話那頭傳來的聲音聽來好像也沒有什麼太大的歉意。

「昨晚後來……」我一說出口就有些覺得後悔。

「別擔心，辛行雲那小子要吵架可吵不過我，他居然很凶地問我和你去那裡了。」小兌這樣說，我就明白昨晚他們為何吵起來了。

小兌接著說：「我就告訴他我小的時候有一次騎單車摔倒，所以腳上一直有個疤。他就很奇怪地問我腳上的疤跟和你出去的事有什麼關係？我說對啊！那我去哪裡了又關你什麼事呢？呵呵！最後我告訴他，他最好想想咸卦的第二爻。於是……就被我打發走了。這笨蛋不太懂又不敢問我，大約是覺得該回家查書了！」

小兌的語氣相當得意。

「喔，咸其腓，凶。居吉。這好像是本人常引以為戒的一句話啊……」我想到這句話，也想到孤芳自賞宅男無奈的人生。

（十九）

吃完中飯，我回到住處。

知道了小兌平安無事就感到放心不少。這時睡個好午覺這種奢侈的想法又浮上心來。在週日的午後睡個午覺，讓自己完全隱身於睡夢中，個中之意趣實難言語。紅樓夢中寶玉在秦可卿的房中一睡，其中虛幻境地常令我覺得午睡或許不是好的，但又想到黃粱夢中的啟發，覺得午睡也許可以在紅塵中偶見三昧。躺在床上細想這些時日的種種，想來想去睡意漸起，正當要睡著之際，手機又響了。

「逞強哥你在忙嗎？」小兌的聲音在電話的另一頭傳來，聽來心情不錯的樣子。她的聲音透過手機傳來，無論如何都是令人愉悅的。（如果是個白目，那會令人非常不爽的！）

「也不能算是忙，怎麼了？」我用清楚的聲音掩飾正在睡午覺的行為。

「快，收拾行李，快來波特蘭一趟！快來波特蘭的雙樹飯店。」小兌這個瘋子又在發傻了。自己二話不說就衝去波特蘭，居然還要我現在去，臨時買機票可是不便宜啊！正當我這麼想的時候⋯

「喂！你是在想臨時買機票很貴是不是？」小兌怎麼那麼厲害，我心中著實嚇了一跳。

「不是啦！明天還要上班呀！而且……有什麼事要我過去嗎？」我實在是有點納悶，但小兌要我去，還是多少有些高興的。

「你來不來嘛？」小兌有些撒嬌地說。

走！這還有什麼話說。

於是三個小時後，我從週日午後的悠閒午睡變成坐在飛往波特蘭的波音737飛機上。人生是很奇妙啊！

＊　＊　＊

幸好還拿了portable的GPS在身上，開著剛租來的車子在一個完全陌生的城市中找路沒有了GPS可能會迷路。波特蘭的氣候比起南加州來清爽多了。空氣中可以感受到此地的水氣比較高一些。整個城市的環境是終年皆綠的長青景象。夏天的南加州有很多地方是一片枯黃，只有靠人工灑水才會有綠地。很多的山都是光禿禿地，只有到了冬天的雨季會有一些綠意。但奧利崗州是終年都有綠地。這令我這個來自沙漠邊緣的人驚喜不已。我很喜歡這裡的風土，到處都是林木，而且水道湖泊橫亙在這一大片的綠色大地上。車子開在高速公路上可能因為車輛不多而顯得寬闊，一點都不像洛杉磯這般擁擠、吵雜、紛亂，在這樣的城市開車讓人有一種心曠神怡的感受。這對來美國後就在南加求學工作的我來說是很少有的經驗。原來美國西岸還有這樣的不同風情。

找了好一陣子才找到了雙樹飯店。這個飯店還真不小，看來也有一些歷史了。它就在市中心區往高處一些。剛要進去問一下小兌住那裡，這個時候只見一位先生走了進來，雖然乍看有些年紀，背也有一點駝，但仔細一看，細心的人會發現一些特別的地方。他的頭髮濃密不說，居然都烏黑發亮，皮膚白晰而有光澤，這都像是年輕人的特徵。他的眼睛似閉不閉光華內蘊，偶然的一個瞬間會發現他的眼睛有一道強烈的光芒但又旋即收攝起來。他身著白色襯衫和黑色西裝褲黑皮鞋，給人一種沈穩的感覺。這位先生帶著一點慈和的微笑走了進來，而小兌就跟在他的身後。我想這位就是小兌的老師吧！

老師，這位就是我跟您提到的那個黃誠強。」小兌向我一指說：「誠強哥，快來拜見老師。」

范老師伸出手來，我趕緊上前和老師握手。只覺得范老師的手綿細無骨而且溫暖又厚重。范老師看著我笑了笑，轉過頭來跟小兌說：「你的觀察很正確！」

有些納悶小兌和范老師說了我什麼。這時只見邱日昇和王大衛兩位醫生也走了進來，另外還有一位我是不認識的，但我想就是他們說的小楊吧！

原來這位小楊是去機場剛接了兩位學長來。這下我感到更奇怪了，為什麼我也要來呢？看來范老師有很重要的話要說，那我這個外人要做什麼呢？

范老師這時說話了：「特別定了在這雙樹飯店的庭園中吃晚飯。大家這麼快就趕過來，真是出乎我意料之外。小兌這個丫頭更是嚇了我一大跳！」

「知道老師平安，而且一定有很精采的事要告訴我們，所以我就三步併作兩步地跑過來啦！」小兌撒嬌地說。

范老師笑了笑，要我們先要了房間後往這雙樹飯店的庭園中去。他要那位小楊和小兌先和他過去。

我和兩位醫師都確認好了今晚要住的房間，放好了行李，覺得肚子真是餓極了。於是真的「三步併作兩步地」跑去雙樹飯店的庭園。

這雙樹飯店的庭園在飯店旁，四週都是高大的杉木。因為飯店位處高處，放眼望去可以見到遠處正對面是Mountain Hood，這座山呈現美麗的尖錐型，山上終年積雪，而北邊可以見到在華盛頓州的聖海倫山（Mount St. Helens）。這庭園非常雅緻安靜。

到了這個地方我不住叫了聲好。初秋的波特蘭市氣候涼爽合宜，在這庭園的中間擺上桌椅來吃飯是很舒心的安排。

大家坐在這裡還真是不容易的機會。范老師的心情非常好，我的心裡有些忐忑不安。畢竟我不是范老師的學生，但范老師似乎有注意到這一點，特別要我坐在他的身邊。大家看著范老師的臉，等范老師告訴大家此行的目地。

范老師看了看這四週美好的景物，嘆了口氣說：「美國真是一個美麗而物產豐富的國家，我們要感謝這個國家給我們一個自由而多元的文明，將中醫的智慧傳達給這個土地上的眾生，為他們帶來健康和幸福是我們對這個國家的回饋。我的美國朋友告訴我，西藥是人類製造合成出來的，是人創造的藥，而中藥是來自大自然的藥，這是上帝創造的藥！

這是此土有識之士的智慧。我們以及本地的中醫師們在此間興復中醫，可說是為全人類的未來而努力著！慢慢地我們也會見到一些曙光。但是正當此刻中醫方興未艾的時候，我卻發現了一大隱憂！………」

（二十）

范老師繼續說：「本來在中醫來說，很多能起沈痾、治重病的藥其實取得不難、價錢也不貴。要知道，先民是從與大自然拚搏中累積了對物性的瞭解進而整理出可用之藥。在貧苦和物質缺乏的年代裡，中藥材不但是先民容易取得的物資，更有甚者只是日常使用的食物而已。比方說廚房裡蔥、薑、豆豉等都是治病的藥。但隨著先民生活圈的擴大，某些藥材因為需要運輸至遠地而價錢上漲，但傳統醫學中也留下了藥性的經驗法則，我們可以隨方就圓，在當地尋找我們所要的藥材。

這兩年來在美國的行醫過程中，漸漸地有一些用藥上的問題產生，這對中醫未來的發展來說絕對是致命的打擊。

是的，這個隱憂就是我們手上對治各種病痛的利器——中藥材的來源和品質。這兩年來藥材的產地價格一漲再漲，已經漸漸令原本價廉力強的中藥材變成一種昂貴的商品。因為產地是在遙遠的東方，運輸費用高是難免的，但令人生氣的是在產地有人大力地炒作藥材，使得原本救命的物資愈來愈貴。加上更有一些不肖的商家在製程上動了手腳，以致於有些藥材甚至能使身體受到傷害。而當中藥的強大治病能力開始在這裡為世人所認知時，又有一些來自東方的西藥研究者在扯中藥的後腿，今日在加州境內的所有中藥行中連一根麻黃都買不到，這樣的中醫發展能走到哪裡去呢？而當藥價比一般物價的上漲高出五六倍且一再上漲時，我們如何面對我們的病患？我不客氣地說，只要美國有大的財團知道此間有某些藥材是真有效而出手介入這些藥物的銷售時，中藥就要比照西藥來大賺世人的錢了。」

大家都靜靜地聽老師說著，天色漸暗，庭園的四週點起了一盞盞的燈火，連熱爐也點了起來。只見菜一道道地送了上來，范老師要大家先吃了東西再說。我實在太餓了，「飢餓是最好的調味料」這句話真是太有道理了，我覺得今天的菜真是太好吃了。在狼吞虎嚥之餘，我偷偷地看了一眼小兑，燈火映照下的小兑是這樣的美，只見她一改平日的笑容，靜靜地坐在初秋的暮光中。

眼看大家都吃得差不多了，范老師接著說：「不但藥的價錢是問題，來源及品質也常使醫者會有很大的無奈。有時明明是對症的藥，但因藥材問題使醫者一度以為是自己的診斷錯誤，好幾次都是再次找到好的藥材而用同樣的方劑確實治好病。我常想，如果我們生於此土而無法以上蒼在此土長養的藥材來治症的話，以天地大自然為根本始末的中醫是不容易在此地長遠發展的。雖說一針二灸三用藥，但很多時候藥的使用是不可免的。基於這樣的思考，我開始找尋在美國適合種大多數的中藥的地方。前一陣子，大家都發現我不見了，很抱歉，實在是有一件重要的事我必須進入中國四川省的貢嘎山找一位修士，而在山區著實找了很久才找到他！」

邱日昇問道：「什麼事讓老師這麼急呢？」

范老師笑著說：「年近耳順之年，倒也沒有太多的事可以令人著急，但這件事和眾生利益大大有關，甚至關係到國家的氣數，我不得不為此事奔波一番。前面說了，我在找尋在美國適合種大多數中藥的地方。我蒐集了各地的水文、土壤、氣候、農業條件等資料，最後把這些資料帶去找一位高人，他是中國當世對藥材的生長、採集、生態、藥效最有研究的一位高人。他就是現下在四川各地考察的俞素清老師傅。也就是中藥界傳說中的『藥王聖手俞老師』！我把美國各地可能適合種藥的地點都找出來了，想和他討論一下，終於在苦找多天后找到雲深不知處的俞老師。我和俞老素不相識，但在表明來意之後，他很慈悲地答應審視我帶來的資料。在和我仔細地問答討論後，我找到了全美國最適合種大部分道地藥材的好地方！」

范老師用手在桌上點了一下說：「大家現在所在的地方，奧利崗州的波特蘭一地就是全美最適合種中藥的地方！！！」

大家都同聲驚嘆了一下，美國這麼大，為什麼那位「藥王聖手俞老師」要把目光放在這裡呢？

范老師知道大家都想要問為什麼，沒等到大家問他，他就說了：「最主要的原因有幾個，第一個是地形。中國的四川四面環山而水道河川在山谷中穿流，而波特蘭一地高山環抱，加上位於威拉米特河匯入哥倫比亞河的入河口以南，正是高山加上大河之匯聚地。

第二個原因是土質的優厚。波特蘭位於已經熄滅的上新世——更新世火山堆上。在波特蘭附近就有三十二個過去的火山口。而附近最近爆發的火山是聖海倫斯火山（St. Helens），它是一九八〇年爆發的，歷時九小時，是美國歷史上死亡最慘重、財物損失金額最龐大的一次火山爆發紀錄。光是厚厚的火山灰就讓此地有一個多月不見天日，而這豐厚的火山灰就造就了此地肥美的土地，此地土壤中蘊含的各種礦物質及稀有元素是驚人的種藥好環境！」

沒想到這個美麗的地區有這樣特出的條件。

范老師又說：「以後天八卦來看，此地正居於美國的西北角，也就是乾為天的位置，不能不說是純陽之藥的最佳產地。再有一點是此地氣候溫和，季節分明，平均年降雨量超過一千毫米，一般來說波特蘭每年有一百五十五個降雨天，波特蘭的氣候有地中海氣候的特點，雨水的充足使得此地水氣很盛，這和中國的四川相似。綜合這些條件，『藥王聖手俞老師』特別推崇這裡。這真暗合我的推想，之前我曾要來自加州中谷也在務農的小楊來波特蘭收集資料，大家也許不知道，在這裡，附子長得非常好。當時我也覺得波特蘭是個好地方。俞老知道我的用心所在，惠賜一本他手著的筆記，其中有各種重要藥材栽培的心得及細節。小楊，給大家一人一本影印本。」

小楊先生把書給了大家各一本，我不是老師的學生當然沒有，說真的我是非常好奇的想看看。

范老師喝了一口水，環視著大家說：「我有另一個人想去會會，這次來美國西岸時間不多，明天一早我想請大家和我一同去看幾個要出售的農場，我們必需要踏出這一步，建立一個實驗農場，把我們的根基建立起來，讓這塊國土上老天爺生成的藥來嘉惠眾生，也只有我們自己有力量，才能在藥的供給上不再有隱憂。基於我們對藥性的瞭解，我們可以藉著藥味、藥氣和物性的推導在這塊大地上做神農氏開發出美國的本土藥材，這不是為了這一代的人，更是為了後代子子孫孫。」

月亮出來了，一輪滿月在遠方升起。大家都很興奮於我們在今天聽到的這番話。我又偷偷地看了一眼小兌，她輕咬著嘴唇，真的不似往常常有的笑容，只覺得這一刻的她似乎在思慮著什麼！

（二十一）

范老師又回答了其他師兄的一些問題，像是要從什麼藥開始栽種，什麼藥已經在此地栽種成功了，要以多少的經費買多大的地，管理上要怎麼做……等等。

大家討論的很高興，平日大家分屬各地，雖有email可討論，畢竟這樣的相聚是不容易的。范老師這時忽然看了看我，他說：「誠強，你的看法呢？」

我也嚇了一跳，老師怎麼會要問我的看法，在座的都是中醫界的高手，而我是一個還算站在門外想向內看的一個新人，再怎麼說也輪不到我來發表看法啊。

「我對中醫和中藥所知很有限，不敢多說什麼。」我囁嚅地說。

范老師坐在我旁邊，很慈和地說：「小兌說一定要你過來，我想也好，我們需要一個完全不是在這其中的人來說說看法，因為有時局外人的看法反而清楚，也更能補強我們的不足。」

我想了想，只好以自己的看法說了一下：「我和邱醫師及王醫師兩位學長都是學理工的，其實我也不敢說有什麼不同的見地，但是以一個學理工的人來看，我覺得這個農場在初步可能要放在研究和開發上，美國的藥材再怎麼便宜，各種費用加起來目前絕對沒有從中國進口來得便宜，若以經濟效益來看，短期內可能不是很重要，而最重要的可能是要瞭解在美國國土上能種什麼、藥效如何、有沒有可以融入中醫體系的本土常用藥材、所有資料及植物物種的整理和保存，這些可能才是重點。」

我一面講一面看著范老師，深怕錯話，看范老師點了點頭，就感到比較放心。隨及又想想，這是范老師怕我有些不自在才要我說說看法，其實我的看法應該沒有什麼重要性。范老師的考慮很周到，因為我一直都沒有說話坐在那裡，他特別注意到了。

邱醫師這時問了范老師：「除了波特蘭之外，美國哪裡適合種藥呢？」

范老師點點頭說：「其實美國很多地方我們都可能要去勘察，天下哪裡沒有藥，又哪一個植物不能作藥呢？美國有高山也有大澤，有熱帶也有寒帶，有終年雨水的西北，更有乾燥而廣袤的沙漠，每一處土地自會長養出照顧那一方人的藥來。好比在台灣來說好了，除了西藥、中藥之外，更有另一個體系的醫學，那就是台灣的青草藥，青草藥已經在台灣生根幾百年了，從古至今由北至南，數百家的青草店，有批發零售，歷久不衰，就是因為在很多方面有它不可抹滅的療效。雖說這些草藥不在中藥典籍所屬的藥材之列，但在民間所流傳的青草藥頭，屬於地區性的民間草藥及偏方，雖然我們的研究不多，但先民的經驗和智慧卻不容小覷。若你置身在沒有中藥材的地方，在台灣，你要用中藥藥性的知識很快找出對應的藥來才可以啊！而美國本地的印弟安人對此地的藥草也有多方面的應用。這是我們可不忽略的。」

邱醫師又問：「也就是說我們也有可能找中藥之外的藥材來運用嗎？」

范老師看了大家一會兒說：「是的，只要能治好病的都是藥，但中藥的藥性功效我們熟知，不代表不能找到別的藥來替代，最重要的是必須有長遠的用藥經驗才能重複運用。大家沒有忘記吧：味之薄者則通，酸、苦、咸、平都是。味之濃者則洩，鹹、苦、酸、寒就屬於這一方面。氣之濃者發熱，也就是辛、甘、溫、熱。氣之薄者滲洩，甘、淡、平、涼的藥就可以這樣利用。藥性、藥味若掌握，你就會有處處無非是藥的功力。在這裡的工作只是起步，未來還有長路要走的！」

在上過甜點之後不久，大家都不再吃什麼了，這時范老師說：「明天一早我們要去看小楊已經看好的一處農場，大家一路來辛苦了，早一點休息吧！」

我有點想和小兌說些什麼，但只見她起身向范老師道晚安而逕自回房間去了，我也不便追上去。她今天也是靜靜地坐在那裡不說話，我想大家都和我一樣覺得怪吧！

回到房間，我和邱日昇醫師住在同一間，這真是令人高興，因為他不但是我的學長，而且他的人看來最隨和、最容易親近！他好像精力用不完似得，略做梳洗之後就在筆記型電腦前拚命地打字。

「學長還不休息啊？」

邱日昇醫師笑了笑說：「我回覆幾封email，現代人到了天涯海角還是在時刻連在網路上。想要絕塵世而靜修可不容易，所以學中醫的資料之完備大於古人，但要在悟性上提升就比較難些，主要還是外緣太多。先不談這個，我們今天雖然初見，但說來很有緣份，我有一見如故的感覺。小兊有一次和我提你……」

「喔，她有向您提到我？」

「是啊，她是我妹妹的同學，一直把我當作大哥，有一次她很高興地打電話給我。她說她遇見一位如同范老師所說過大富大貴面相的人……」邱日昇醫師在此停了一下。

他指著我笑著說：「而這個人就是你！」

「我？我……我嗎？我只是一個沒太大遠景的小小工程師而已呀！我長得大富大貴？是因為太胖嗎？」我嚇了一跳，我有什麼特別的？

邱醫師大笑道：「主要的判別是你的臉。你的臉從正面根本看不到兩個耳朵，只見到兩個耳垂如同一對珠子一樣，在相書上來說，這是大富大貴的相！誠強老弟，一個人的相除了天生之外，也會從內心的表現而顯現於外……」

「啊！難怪范老師一見我就說『你的觀察很正確！』原來就是指這件事啊！」

邱醫師說：「原來老師也同意這個觀察。誠強啊！以我一點還算敏感的直覺，小兊好像很喜歡你喔！她曾說她卜了一卦……啊，還是你自己問她吧！」

我想我的臉在那個時候一定又紅了。我搖搖頭說：「我想我和小兊只是談起話來很有興味的朋友吧？」

邱醫師拍拍我的肩膀說：「小兊這個女孩子要交往不難，要能讓她自由地發揮她生命的光和熱，除了是生活上的朋友，更要做為她精神上的伴侶。其實我想了想你是她喜歡的那一型人喔！」

我黃誠強活了三十多年，總覺得自己是一個平凡的小人物，只能「合光同塵」地活在世上。今天聽到這一番話，我覺得就像法華經裡面「長者子喻」這個故事裡那個流浪在外多年，一朝忽然被發現是大富長者兒子的那個故事主角一樣。

因緣是如此地不可思議！

（二十二）

第二天，大夥一早就在飯店餐廳集合吃早飯，邱醫師顯得很高興，一早就拉著我快點下樓去。本來以為只有我們提早下樓，但一下樓遠遠只見范老師和小兌已經在那裡了。他們都還沒吃早飯，想來是在等大家。小兌一邊聽范老師說話一邊點頭，不時還露出微笑。

我們向范老師問好，老師要我們快去取些東西來吃，這是飯店供應的自助早餐，看來還滿豐富的。看著肚子真的是餓了起來。

只聽小兌很高興地說：「誠強哥昨晚有聽到很多日昇師兄的『開示』嗎？有沒有增長很多智慧啊？」

我忙說有很多收穫。看來小兌又回來了，回到那個充滿活力和熱情的小兌。相信她是想通了一些事情，也許范老師也給了她一些指導吧！

范老師說：「今天大家可以去體會一下此地的風土，在我們去看農場之前，小楊安排我們大家先去爬一座山，這是小楊先探好的路，聽說這座山上有著全美國第二高的瀑布。我們要沿著這個瀑布旁邊爬上去，爬到這瀑布的頂上去。而這山路上有很多當地的藥材，小楊會向大家一一介紹一下。」

我聽到這裡就有些害怕，平日四肢不勤的我想到要爬山就有些腳軟，又想到這是全美第二高的瀑布，這一趟爬上去可能會沒力了。到時候小兌可能會看不起我。但又偷偷地告訴自己：逞強哥，平日從不逞強，這次非要奮力一搏不可了！

不久，小楊和王大衛兩位師兄也都陸續下樓來。

范老師看到王大衛，就問他：「大衛啊，你是不是身體不舒服？感覺上你好像腰背痛是不是？」

這時我才注意到似乎王大衛醫師的臉色有些許泛青，表情略有異。但若非范老師說出來，我還真不會注意到。嗯，這望診的功夫一深，在觀察力上就會變得很敏銳。

王大衛點頭說：「一早要把東西放到高處，一不小心扭到腰，本想請小楊師兄幫我下針，但想到先下來跟大家說一下，免得大家久等了。」

這時范老師往王大衛的手上大約在手三里附近壓了一下，王大衛直叫痛。范老師看了看王大衛說：「嗯，不急下針，你先在這裡倒退走路，走五分鐘再看看。然後就吃早飯。」

王大衛聽了范老師一說，彷彿有些聽不清楚似地站在那裡，范老師笑了笑說：「試試。」

說真的，我也一頭霧水，只見王大衛接著就毫無懷疑地在大廳空曠處倒著走了起來，說真的還有些好笑。那知大約五分鐘後，只見王大衛露出微笑，不久就走了過來。

「老師，我的腰好像好了很多了，非常地舒服。」王大衛這麼一說，我真是驚訝而佩服，沒想到還有這一招看來平淡無奇的治療法。本以為只有我不懂而大驚小怪，但我很快發覺大家都非常驚訝。

范老師說：「待會兒到了外面，可再利用時間走一下，這種急性的腰痛可先以這種方式治療。我們今天會在這裡是為了找美國本土的藥源，但另一個我們要面對的課題是要在我們自已身上找到藥源和各種開關，這兩個工作都不可偏廢。好了……大家開始吃早飯吧！」

——

在開始去看全美第二高的瀑布前，我們大夥坐在小楊開的那台租來的箱型車就可以看到美麗的哥倫比亞河，小兌就坐在我身旁，還是那一股清雅的藥香，今天是週一，早上才臨時打電話去公司請假，現在的辨公室一定是非常忙碌了吧！但這已經是兩千多公里以外的事了，暫時放諸腦後吧！上班的日子不在辦公室而和小兌在這美好的風光中遊賞，這真是幸福的人生啊！我覺得這些日子我消耗了太多的福分了。

小楊把車子停在河谷旁的一棟VISTA HOUSE，我們在上面可以俯看哥倫比亞河河谷，這景緻真是太美了，看著河水靜靜地流過兩旁的山，空氣中有很濃密厚重的水氣，令人想起了中國的四川，就可以知道此地是非常靈秀的一個地方。

但這個VISTA HOUSE更令人驚訝的地方在於有附近剛採集來的各種本地草藥的展示。

小兒走到我身邊問我：「逞強哥，你看到這些草藥有什麼看法？」

「嗯，我今天才知道原來美國人也有他們自己的草藥啊！」

小兒看了看說明的文字說：「嚴格說來這裡有很多本地印弟安人的傳統草藥，也就是本地土著的草藥。」

我望著這些從來不曾見過，而長得就像一般路邊的花草植物說：「我想起范老師昨天說的台灣青草藥來了。這都是人類和大自然搏鬥的經驗累積啊！」

離開了VISTA HOUSE，公路就沿著哥倫比亞河谷走著，我們看到沿途有好幾處的瀑布，最後看到了一個很高的瀑布，喔！是了，這就是全美國第二高的瀑布：Multnomah Falls。這麼高的瀑布居然坐車就可以輕鬆地來到它的正前方，這讓我想起了中醫這麼大的寶藏就這麼輕鬆地讓我能夠進入學習，心中實在不能不說一聲感恩！

我們一接近就可體會出Multnomah Falls的高。瀑布分為兩段，上段瀑布細細長長地懸掛岩壁上，而下段瀑布水流就較寬大，直瀉入前面的深潭中。而兩層瀑布中居然有一座造型優雅的石橋。王大衛醫師在邱師兄的協助下還是倒著往瀑布方向走過去，不知情的人哪能知道他現在正在調身體治疼痛呢？大家還是忍不住想笑。但看王大衛笑得愈來愈開心，也就忍不住想鼓勵他一下。

我看了看這前面的一塊牌子的說明，才知道原來這哥倫比亞河於華盛頓與奧勒岡兩州邊界流入太平洋，據說全長超過兩千公里。它起源於加拿大的洛磯山脈，在冰河時代末期受到上流大塊冰層大量融化崩潰，夾雜著冰塊與岩石洪水下瀉而把接近入海口的山坡侵蝕切割成懸崖絕壁，於是形成了現在的哥倫比亞河峽谷（Columbia River Gorge）。而兩側陡峭山坡中的溪流也化為層層疊疊美麗的瀑布，而以眼前的這一座Multnomah Falls是最高的。

我們沿著瀑布旁的小路開始往上走，這一路的林相因為水份充足而顯得非常茂密，小楊一路告訴我們那些藥可以治什麼病，還不時採一些要大家試吃一下。

小兌很好奇地問小楊說：「楊師兄，你怎麼這麼熟啊？」

「師父要我來這裡探探，我就來了五六次，正好有一位我熟識的朋友在此地，他是一位自然療法的醫師，他帶我認識了很多本地的草藥。」

小兌再問：「可是怎麼聽起來楊師兄對這一帶的草藥已經很熟了呢？」

小楊笑了笑說：「我是種田的農人，從小在農村長大，對於植物的物性是很敏銳的！」

好久沒有爬山了！爬到後來覺得兩腿漸感痠軟，就在我大約要投降之際，我們終於爬到瀑布的源頭，只見那山上的溪流在樹林間流過，在衝過幾個大石之後就筆直地往山下傾流而下，由上往下看還真令人有些腳軟，站在這個高度，哥倫比亞河顯得更壯闊。范老師也把握機會教大家一些風水的知識，分析一下這一帶的地形和地氣的走向，可惜我是門外漢，一點都不懂。

待范老師說完，大家正在覽看風景的時候，只見小兌站到一棵橫跨在瀑布頂的樹木上，她忽然好像童心大發地就在這樹的一個大枝幹上用兩手倒立起來。這看來實在太危險了，我看得是舌橋不下，她還用手「走」了兩步。

這時只見她忽然一個不穩地一滑，只見她就要摔了下去，大家都驚叫了一下！，我也忍不住大叫一聲：「小兌！」

(二十三)

只見小兌從橫出的大樹幹上落下，但隨及雙手抓到了一旁的樹枝，她倒立的兩腳勾住了原來的樹幹，再輕盈地向前一躍，跳到流水衝激中的一塊大石上。

這一連串的兔起鶻落，動作流暢而自然。日昇醫師在一旁叫好，我卻嚇出了一身的冷汗。我一臉不高興的樣子，因為小兌似乎有些得意。但她看到我的表情之後可能有些歉意，她跳過幾個大石來到我身旁，舉手致歉地說：「逞強哥，對不起！是不是又嚇到你了！」。

我呼出一口大氣說：「小兌，妳是在測試我的膽子嗎？」

小兌再三道歉地說：「不知道逞強哥的膽氣如此的弱，看來得給你吃點細辛才行。」

看著小兌接下來還是蹦蹦跳跳的樣子，范雨農老師搖搖頭說：「像個男孩子！」

這時小楊催大家趕快下山，我們還要去參觀農場。那是位在Mountain Hood山下的農場。據小楊說那一帶的土地因為相當靈秀，有來自全美各地的修行團體和宗教派別在這一地購入土地做為道場。

大家下得山來，再向上仰望這座高聳的瀑布，都覺得剛才還真是爬得很高啊！

小兌輕敲一下我的肩說：「逞強哥通過了這次體力測驗，未來復興經方的大業就靠你了！」

邱日昇笑著說：「誠強何止體力通過測驗，膽氣也通過測驗，剛才妳驚人的特技令大家都嚇了一大跳，誠強叫得好大聲，整個哥倫比亞河谷都在迴響呢！」

我紅著臉苦笑著。眼前的哥倫比亞河寧靜地流著，根本無視人間兒女的思緒起伏。

＊　＊　＊

Mountain Hood的山麓是一大片的森林，高大的杉木連綿無盡，好像是一個巨大的綠色樹海，緩緩向上昇起的道路一直通往綠色大海的深處，令人有一種探訪桃花源的幽思，世界的一切紛亂好像都留在這森林之外。小兌坐在我身邊，她的手臂輕輕地、若有似無的觸著我，看著她凝望著森林深處的晶瑩雙眸，此刻沉默無語的她，實在很難和先前倒立行走在瀑布頂的頑皮模樣聯想在一起。彎進更小的山路，穿過一片樹林之後，走上了一小段應該是私人的路，最後我們的車來到一個農莊。

小楊向范老師講解著這個農莊的沿革和購買細節。我沒有細聽，只是環視著這個農莊的環境，真是太美了，在種著果樹的莊園中有幾棟木造的大房子，遠處有白雪終年的山頂，白雲飛掠過杉木的樹梢，空氣是沁涼而清香的，混雜著一種在北國冬天才有的木材燃燒後才有的香氣。大家忍不住讚美這美好的農莊。范老師和幾位師兄前輩開始就這個環境和條件做購買的評估，我一時也插不上嘴，就四處去看看走走，這旁邊就是一個森林，走在杉木高聳的森林裡，陽光從高處的枝枒透進來卻不能照到地上，走在其間身心為之一暢。這時才發現小兌也走了過來，她瞧著我笑一笑，示意一同走走。

我和小兌一面讚嘆一面走著，我們發現就在森林中還有一個大房子，這房子後面就是一條從山上流下來的山澗，水勢不小，在森林中激起很大的聲響，聽了令人俗想全無的流水聲之外，全無任何喧鬧聲。除了小兌和我的談話聲，其他聲音都被流水聲掩蓋，說來也奇怪，這流水聲反而給人一種寧靜的感受。坐在房子後的平台上就可以享受這流水急穿過林木的景緻，我想神仙過的生活也大略如此吧！

小兌突然問我：「逞強哥喜歡洛杉磯的生活嗎？」

我苦笑說：「很難說好不好，一個人在哪裡生活，會不會喜歡那裡，有時和心境有很大的關係。洛杉磯的生活，久了之後只能說習慣了，而在洛杉磯生活的種種便捷會讓人多少產生一些依賴吧！」

小兌看著我的眼睛，幽幽地說：「逞強哥，『對境心不起』的功夫小妹是沒有，要做到『結廬在人境，而無車馬喧』是很不容易啊！」

我不知道她為何這樣說。

「逞強哥，我好累。洛杉磯的生活好累。」

「為什麼呢？我總覺得妳總是很快樂！」我不解地問。

「嗯……，我是AB型的人，有時裡外看來的差異連我自己都要嚇一大跳。『知我者謂我心憂，不知我者謂我何求』，取得執照看診有五年多了，看診還算是認真，有很多的病患對我有很大的信任，所以診所生意一直很好。但愈來愈多的病患，讓我愈來愈懷念沒有執照時隨緣救度的單純生活。我知道比很多在中醫工作崗位上努力幾十年而不輟的老前輩來說，這五年是如此地短暫，甚至可說只是一個開始。但當看病是一個工作，而我對每個病患負有很大的責任的時候，有時候壓力大到身不由己。」

「可是我看妳的reputation很高，也很受病患的喜愛啊！」

小兌苦笑道：「我也不可能只看對中醫有信心，對我很支持的患者啊！走進診所大門的是什麼人都有，很多時候，我必須很有耐心的來化解病患的誤解、錯誤想法。中醫不像西醫有標準的SOP，醫者的處方用藥和診斷結果有時差別很大。唯一可以決定一個醫者好壞的就是療效了，一個西醫他說這個不能醫，表示你多找幾個西醫也會有大約相同的答案，但是中醫卻可能不同。一旦真正走上臨床，所有的所學都必須在實際案例上見真章。」

小兌說到SOP，我忽然想起了一個人：「小兌，那妳覺得辛行雲的中醫標準體系的建立有可能嗎？」

小兌這時笑得有些開心：「逞強哥，你對這位『行雲流水』還真是很有興趣啊！嗯，該不會是時常想用什麼方法來整一下情敵吧？」

情敵？這樣說代表小兌心中是有我的存在吧？我聽了心中有些甜甜的，呆呆地看著這精靈古怪的女孩，小兌自己這時卻有些不好意思起來了。

她嘆了口氣說：「我說過我也不敢肯定或否定他的想法。但逞強哥知道嗎？范雨農老師度過很長的『請息交以絕遊，世與我而相遺』的歲月來研究和攻讀中醫的古籍，老師曾說他有一段很長的時間完全沒有朋友也不做任何應酬，整個身口意就在臨床和古籍中……，他說莊子說：『吾生也有涯，而知也無涯，以有涯隨無涯，殆已』，這句話在探索人體的奧祕時是很有啟發性的，有限的生命如果不站在古人的基礎上來走，很難有什麼成就。中醫，或者說人體可是『玄冥幽微，變化難極』，范老師說中醫沒有標准流程……」

「也就是『法無定法』吧！」我這樣說。

「對了，那天能請小兌為我用虞體寫『玄冥幽微』這四個字嗎？」

小兌笑著說：「如果是只有四個大字，用虞體我沒有把握可寫出氣勢。」

「用北碑來寫可能會更好一些是嗎？」

小兌面有得色：「你也這樣想啊！好，本姑娘就是寫北碑出身的！交給我來試試好了！」

「小兌，妳在中醫的傳承上是北派，在書法的傳承上也是北碑啊！」

小兌笑了笑說：「其實中國書法的源流本是一致的，魏晉之後的分流只是時空環境不同的呈現，北碑的雄渾壯闊，南帖的秀麗和暢，都是中國書法的至寶，任何人只要掌握書法的精氣神，就可以南帖北碑來表現其才情。而中醫的最初源流也是一致的。方無今古，只要是契理契機而致中和，對病人有利的我們就要去做。任何人只要到『勤求古訓，博采眾方』，都可以在醫術上自由任運而無礙了！」

「說的好，小兌。達摩祖師東來，只為了尋一個不受人惑的人。妳可說是空諸所有、無入而不自得了。」

這時一隻灰色的野兔子站在山澗的另一邊看著我們，看來並不驚慌，只看了一會兒就跑掉了。

「逞強哥你看，這小兔子和我們可能這一生只在前面這一刻和我們相遇，而最好的老師也可能就在這一生一會中見到，我還是覺得那位『行雲流水』所說的中醫和我的想法不同。我比較認同范老師的看法。」

小兌撿起一片葉子放在山澗上，只見這一葉如舟直向山下奔流而下，一下子就消失了。

「逞強哥，有一件事想要告訴你。」小兌表情嚴肅起來，她抓起了我的手，她的手是這樣地柔細但又顯得溫暖。

這時她的眼淚順著她清麗的臉龐流了下來。

（二十四）

「我有一件事已經決定了，但我很重視你的看法。」

我感受到手中傳來的熱度，還有她身上若有似無的藥香。到了這一刻，我再笨也能感受到她的心，而任何她說的決定，我也一定會去支持的。但她的眼淚代表什麼呢？

「逞強哥，我知道有很多話是不用多說的，會心不遠，你的心意我很瞭解，也很珍惜。和你在一起談古話今是很有趣的，每次我的心情都非常地放鬆。我……」

小兌偶有少女羞澀的一面，此刻誠令人一醉。

小兌低著頭說：「我……喜……歡……你。」

她輕閉上雙眼，我當時可能是有點嚇呆了，居然一時沒有動作。

「逞強哥」小兌張開眼睛，微微一笑而輕聲的說：「你不要再逞強了好不好？」

她再度輕閉上眼……，以下還是省略兩千字好了。嗯，在這幽靜森林中的吻，在多年後，這一切的記憶還是這樣鮮活。

時間過了多久了呢？要不是山澗的水聲和一兩聲清和的鳥鳴提醒我，我會沒有辦法回到地球的表面來。

「逞強哥，我的決定還沒有告訴你。」

喔！前一刻的美好讓我一時也忘了她似乎是有重要的事要告訴我。

小兌表情嚴肅地看著我，她的眼中泛著晶瑩的淚光：「我……決定開洛杉磯，我想搬來波特蘭，也許還是看看診，並且同時試著種藥，但是主要的原因是想在此潛心完成一些東西。」

我有些吃驚，畢竟這是很大的改變，一時之間我反應不過來。

「這兩天心裡有些矛盾，我想離開現在的生活，我也考了全美的執照，想離開南加州到不同的地方走走C老師提到了波特蘭，我的想法正好找了一個出口。但這時有一個因素我又不得不考慮一下，不是診所也不是事業，那就是逞強哥你了。你有你的人生規劃，你有你自己的生活和工作，我也不能強求你配合。我甘麗澤一生最怕有什麼東西成為我的最愛，因為我覺得一旦有這樣的東西就為其所役，有一次我看到范老師的一個瓶子上有『至人唯真，深情實淡，化繁為簡，去末存本』這幾個字，我就喜歡得很，老師知道了就把這瓶子給我，也就是後來送給你的瓶子了。上面所說『至人唯真，深情實淡』是在人世中護身之祕。我覺得一切還是淡然些比較好。但畢竟麗澤只是一個平凡的女孩子，我想我還沒能達到那種境界。我很喜歡這個瓶子，也喜歡逞強哥，就把這瓶子給了你，如果在我生命中的你淡出了，就讓這瓶子隨你消失了吧！但在這個時刻，我也沒有辦法做最後的決定。昨天你看到我的時候我一開始若有所思，其實就是在想這件事。」

小兌一邊向山澗中丟下樹葉一邊說：「我和范老師提到了我的想法，范老師說至人唯真，把自己的想法和你說了也就是了。他說把生命的這一刻投映在宇宙的時間洪流中，就知道要追求的是什麼了。『夫天地者，萬物之逆旅。光陰者，百代之過客』，想離開南加州就走吧！他覺得這幾年我在南加的行醫生涯已經足夠，只要能救度到有緣的眾生，在哪裡行醫都是一樣的，老師知道我想做的一些計畫。他告訴我，只有普救苦難眾生的醫師才是真正的「醫之大者」，如果不能以佛心為初心來面對人間疾苦，再高明的醫術在面對業力牽引時都無法發揮出來。以名利做為行醫的根本，到頭來只能做一個隨業力流轉的凡夫而已！他認為我該給自己多一些時間來沈澱一下。」

我告訴小兌：「妳有這樣的想法，我是支持妳的。」

「就是你讓我有點左右為難。我想來此地隱居，但逞強哥願意來嗎？在這個要決定自己未來走向的時刻遇到你這樣一個讓我總是感到高興而輕鬆自在的人，這一切真是矛盾。如果你不願意跟我來，我是不是還是該留在南加州。但這幾年來總說有一些計畫要實現，比方說要整理范老師的醫案，要完成一些給青少年孩子看的中醫書，要更深入地讀傷寒論並把一些臨床的驗證和思辨一步步整理下來，這些想法都只能是想法，每天不斷湧入的病患和一些診所的事務佔據了我的生活，有時連提筆為文或想寫一下書法都不可得。我原本只想一走了之地踏上新的人生路，但你的出現讓我又覺得好可惜要失去在南加難得遇到的知己朋友。」

小兌輕靠在我的懷中說：「如果因此失去你，總覺得此行也太過悲壯了。呵呵。但如果留在南加州只為了有逞強哥，我又覺得我是不是永遠要留在南加州。」

我想了想說：「做妳想做的，不要考慮我吧！」

＊　＊　＊

有時候，人生的劇本會怎麼寫，常會出乎我們的意料之外。生命往往給我們一次次的衝擊，讓春天的秀美、夏天的舒放、秋天的蕭索、冬天的冷冽來給生命不同的風貌。南加州有溫暖的陽光和方便的生活機能是非常好的生活環境。本來想在南加州「和光同塵」地享受一點小小的幸福而大隱於世的我，該不該來到陌生的境地而展開不同的生活呢？白居易和蘇東坡沒有謫至邊地，讓真實無情的江湖塵土和人間雨露來歷練生命，恐怕也無法成為文學的大家。但平凡的我也該走出去嗎？

我站在洛杉磯地區最適合看夜景的高處，也就是位在Griffith Park天文台俯看整個洛城的夜景。在旁邊的停車場望去的山谷對面另一座山上是有名的Hollywood大字牌，正面向下看就是令人初見時心中為之一振的洛杉磯萬家燈火。平時心情鬱悶的傍晚我會上來看看黃昏的海景和夜晚的燈火，站在這裡思考未來人生的走向更能有超出塵想的心情。但此刻遠在幾千公里外的北方有怎樣的故事呢？

查拉圖斯特拉從高處向下走入人間世，這啟示著什麼呢？當我走下天文台所在的小山時，心中不免要這樣想。

走下山來，開車轉進高速公路，如果在第七個出口處下來而進入有著完全不同風味的東方超市和購物區中，我會立刻回到我熟悉的人間世，馬上可以體察那種令我心神鬆弛的氣味和聲響。

但我沒有在熟悉的出口下來……

飛機在空橋上等待開門的時間是這樣地久，多少前塵影事一幕幕在腦海中閃過，旁邊的旅客都因久等而非常地浮動，但這一刻我的心情卻是非常地輕鬆。終於門一開，大家開始動了起來。提著各式行李的人們，就像是剛放了學的孩子一樣迫不及待地要衝了出去。我步伐輕快地走出機艙進入候機室，就在大廳我看到了站在那裡久等的小兌。她手持一卷書，穿著輕鬆而鮮亮的衣服。

「對不起，飛機航班有些誤點，妳沒有等很久吧？」

小兌搖搖頭，把書放進袋子裡。

「南加州的事都處理好了嗎？不好意思，小妹的決定讓你這麼辛苦！」

我笑了笑，這位姑娘什麼時候學會這麼客氣了。果然搬到這風土靈秀的環境是有教化人心的作用的！

「嗯！幸好這次新公司給我的relocate的錢還真是不壞。多年的生活，有很多雜事要處理，總算是結束了。」

「好！黃誠強先生要開始『只在此山中，雲深不知處』的生活了！」小兑露出她最美的笑容說。

車子出了機場，急馳往山的方向。就像前面所說的。好像開始投入這綠色大海的最深處。這一次高速公路的出口，會帶給生命一個全然不同的天地吧！

白雪靄靄的山在我們眼前展開了，嗯，我的故事就說到這裡吧！

尋找小楊

（二）

車上這三個人中除了司機之外的兩個人都睡著了，我也是其中之一。但擔任司機的鍾先生還是叫醒了我們。

「快醒來吧！就要到了！」

六月的陽光照在一望無際的果園上，我們剛離開高速公路吧？看了看表，是早上八點十五分。

「不好意思，鐘先生，你一個人開車，我們居然都睡著了。」同行的好朋友王大衛不好意思地說。

這是我和王大衛第一次來到莫德斯多這個城鎮，今天是來這個地方參加一個義診活動。我和王大衛是這次義診的中醫師。

莫德斯多是北加州的一個城鎮，離舊金山大約有一個半小時的車程，也是世界上最好的農業區之一，葡萄園、果園密布，鳥語花香。如同加州中谷很多地區一樣，本地有很多來自中南美州的農工，很多人收入不高，甚至有些人並沒有合法身分，生活可說是很艱苦。但是能在這裡賺取工資再寄回家鄉或是想追求更好的生活，還是讓很多人前撲後繼地來到這裡。為加州強大的農業生產注入生生不息的人力。

而在這些農業區為貧苦而無力負擔美國令人不敢想像的醫療費用的人提供義診，這對當地很多人來說是很重要的救助。我和大衛兩個中醫師在美國的義診中出現，在以前可能不容易想像，但在今天的加州中醫可是很受歡迎的。只是我們兩個可以說還相當的「菜」。因為我們雖然自學中醫並業餘在矽谷的中醫學院唸了三年書畢業，但拿到中醫的執照也不過就是這幾個月的事。能來參加義診，可說是很好的機會來展現所學。

所以一下車，我們說真地還是相當興奮。有人說在一場這樣的義診裡西醫才是門面，但我們知道中醫可以做的比大家想像還多就是了。

走進這個社區中心的場地裡，只見義工們忙進忙出地在布置著，在中醫（其實上面斗大的英文寫的是「acupunture（針灸）」）區裡，我們看到了幾位中醫前輩已經到了現場。我們都趨前去打了招呼。

「劉醫師，好久不見！」王大衛高興地說：「上次治重症肌無力的穴位要謝謝你。效果真是令人驚訝！」

「好，好……能幫上一點忙就好。」劉醫師親切地回答他。他是一位近六十歲的前輩了，我們也是承他的帶領才能參加這樣的一個活動。

劉醫師是長期策劃並參與義診的一位有心人。在劉醫師的介紹下，我們也見到了本地負責籌辦這次活動的一位蔡醫師，一頭銀髮的她戴著一付無邊眼鏡有著親切的笑容。她是一位本地著名的西醫師。知道我們是初來參加的中醫師之後，點點頭用廣東國語說：「歡迎兩位。」但感覺上笑容不是那麼親切了些。我想是我想太多了，我這一陣子一直覺得對人的反應細緻處愈來愈敏感，可能是幾年下來的中醫訓練所帶來的吧！記得父親對想學中醫的我說過：「觀察力，是學中醫的第一步！」

在這一帶的中醫圈子說來也不算大，大家多少都認識，彼此攀談，一時倒也熱鬧。只是王大衛和我算是後進，除了劉醫師之外認識的人不多。

這時候只聽到個清亮的女孩子的聲音在我們背後響起來：

「兩位叔叔也來啦！」

我們轉頭一看，原來是我們熟識的一個大學剛畢業沒多久的女生小珍。

「小珍，我上次不是說不要叫人家叔叔嗎？」王大衛嚴正地抗議了一下。年過四十的中年男子還是會在意被叫的太老的。

這個古怪靈精的丫頭是第一次參加義診行前說明會時認識的，後來聽說我和大衛是中醫，就一直問我們如何用中藥來保養美白皮膚的問題。我記得大衛還曾義正辭嚴的說：「學醫乃為生死大事，不在枝末處留心！」哈哈。

這時我開口了：「那妳今天來是負責什麼呢？」

小珍不是醫生，她是熱心參與公益活動的年輕志工。

只見小珍吐了吐舌頭說：「兩位名醫注意了，今天沒有小珍我幫兩位做西班牙語的翻譯，兩位可就沒得玩了！」

「喔，妳會說西語啊？」我說。「Habloespañol, muybueno」小珍得意地回答。但好像是怕傷害了兩位中年「叔叔」的心，她又說：「不過我知道中醫也可以只把脈，病人不用開口就把病治好了。我沒那麼重要啦！」

「那也不見得完全可行。」王大衛淡淡地說。

趁著還沒開始，我有些好奇地先跑到外面看看。只見外面已經有好多的民眾在排隊掛號了。

人潮不斷地湧進來，很多是全家出動，不少人一看就知道是做粗活的，健康的膚色似乎還閃著加州的陽光。除了墨裔的人士之外，其他不同族群的人也有不少。但仔細看看亞裔的人士是少了許多。這時心裡面有些擔心起來，會不會等一下中醫的攤位人數會很少啊！

今天的天氣真好，天空是這麼地藍，連一絲的雲都沒有，快九點了，明顯地覺得燥熱！

只見王大衛跑了出來。

「日昇兄，快進來吧，裡面的人說就要開始了！」王大衛揮手叫著。

於是一天的義診活動要開始了！

（二）

回到社區中心裡面，覺得熱鬧的不像是在看診，倒像是在趕集一樣。只見小珍已經帶了病人來到我們的桌子前。雖然大多數墨裔的朋友都可用英文溝通，但是有時小珍的翻譯幫忙還是很重要的。

令人驚訝的是，看中醫的人還真不少，而且各族裔的人士都有。之前有聽前輩說中醫已經為美國社會普遍接受，今天感受特別深刻。雖然暈針的人還是會有，但大多數的人都非常習慣。只是之前聽說本地老中不少，怎麼今天看到的倒是不多。也許是經濟情況都不錯，並不需要來用到義診資源。

來看中醫的人除了一般痠痛不適外，內科也有不少。一開始的興奮漸漸被不斷湧入的人群沖淡，好容易中午輪休時間了。

王大衛和我快速地領了餐盒，大衛說天氣這麼好不如到外面去吃好了。

「也好，出去透透氣。」

走到外面才發現還有很多人在掛號，畢竟只看到下午三點。

找到了一棵大樹，就在大樹下準備開始吃中飯了。

天氣真是熱啊！室內有冷氣一時還感受不到那種內陸的熱，到了外面才感覺強烈些，比起舊金山灣區夏天的涼爽，這時的我們覺得有些不舒服。而空氣中可以聞到鄉間才會有的青草味，敏銳的嗅覺告訴我那其中還混著牛糞的味道。

「兩位叔叔怎麼跑這麼快？都不等人家喔！」小珍也拿了餐盒跑了出來。大剌剌地就在我們旁邊坐了下來。

「喂！我們有說妳可以坐嗎？」王大衛說。「這不是我們這個團隊的位置嗎？」小珍一邊說一邊就打開了餐盒吃了起來。

本來還想討論一下早上的醫案，沒辦法，只好和她天南地北地聊起來了。

這時在大樹旁不遠處有幾位早上來看診的華人在聊天。大概是沒注意到換下了白袍的我們在不遠處，居然聊起了剛才的療效。有一位是我下針的，這是一位越南華僑的阮先生，於是我們都有意無意地認真地聽了起來。

「怎麼樣，你的腰有好一些嗎？」

「我覺得留針時好像真的完全好了，可是現在慢慢又痛回來一些了。」

「會不會留針時間不夠長？」

喔！居然有這樣的事，我開始想是否方才的手法有錯。

這時候他們的討論轉到另一個名字上面。這是我這輩子第一次聽到這個名字，後來發生的事全和這個名字有關。（聰明的讀者當然已經知道這個名字了。）

「我看還是去找小楊一下好了。」那位阮先生有點無奈的說。
「那誰叫你不去找他呢？」一位講廣東國語的人和他聊起來。
「前一陣子全家都在麻煩他看病，想想有義診就來試試看嘛！」
「還是小楊厲害，要不是今天有牙科，我可能就不會來這個義診活動了。」
「說起來小楊才是長期義診啊！今天這樣的大陣仗要好久才能有一次，但平常大家也是都會生病啊！」
「我們這裡又不是沒有醫生。」講廣東國語的人說了。
「你又沒有健保，看什麼醫生啊？」另一位大嬸有些酸酸地說。
「說的也是。」
「還好我們還有小楊這個高手在這裡。」
這時我覺得多少有些不好意思，哪知道小珍居然走了過去。
「各位朋友大家好！」小珍微笑說。
「妳是那位義工小姐啊！」大嬸認出她來了。
「如果覺得沒有改善，可以趁今天再回來找醫生嘛！」小珍客氣地說。
那位阮先生也發現我們在旁邊吃飯，很不好意思地說：「其實有很大的改善。比來的時候好多了。要謝謝醫生啊！」
這個小珍真是的，這下我也很不好意思，我忙說：「下午義診結束前可以再來看看還有什我能做的。」

＊　＊　＊

回到會場，就覺得有點難過了！有時真要多收集患者的回報才對。

王大衛說了：「其實已經盡力了，我覺得下的穴位很妥當啊。」

「也許結束後再來問問劉醫師的看法吧！」我說。

「倒是我有點好奇那位叫小楊的醫生」王大衛說。

我還沒有開口，小珍就搶著說：「是啊！我也很好奇喔！」

「可能是本地的名醫吧！」我說。

小珍接著我的話說：「而且好像都在做義診喔？兩位叔叔放心，我等一下就去打聽出來。」

王大衛正想再說什麼，但是要看診的人已經來了，只好開始下午的工作。

下午的人潮還是那麼多。早上會不會有大意之處？下午就決定要好好來看。

看了好幾位講英文或西語的患者之後，有一位講中文的老太太因為手無法上舉，就在他的兒子陪同下來這裡。在下了手和腳對側的穴位並留針十五分鐘後，她很滿意地笑了起來。

「我的手上舉沒有問題了！」老太太高興地說。

「非常謝謝你們啊！」老太太的兒子說。老太太也點點頭。

這時老太太輕輕地說了一句：「小楊說可以來這裡找到用針灸的醫生，果然是來對了。」

小珍很高興地叫了一聲：「啊！！老太太您也認識小楊啊！」

「小楊！」我心中再一次好奇地唸了一下這個名字。

（三）

小珍接著問這位老太太：「小楊是這裡的名醫嗎？」

老太太好像有點覺得說錯話了。沉默了好一會兒。

倒是老太太的兒子開口了：「小楊不想讓不熟的人知道他。」

老太太說：「不過知道小楊的人在這裡是很多的啊！有人還坐好久的車來找他。」

小珍好奇地問：「他聽起來很厲害啊！為什麼不想讓人知道他？」

老太太不回答小珍的問題，自己說了起來：「小楊是一個活菩薩來的，心地好醫術高，而且什麼是對病人最好的他都願意做。像今天我來這裡就是他鼓勵我來的。他不是為了錢才看病，要不是有他有好多病人不知道要怎麼辦呢！」

「喔？你可以告訴我們他的診所在那裡嗎？我們想去拜訪他。」小珍發現寶貴資訊，顯得很高興。

老太太的兒子說：「媽，妳這樣會給小楊添麻煩啦！」

這時我還在看病人，也無法分心去聽他們講什麼。小珍乾脆不管我們了，一直都在和老太太聊天。你知道的，上了年紀的老太太是最熱心不過的。所幸接下來幾個病人都聽得懂英語，倒還不用麻煩小珍翻譯。
（其實我也很好奇啊！）
好容易掛號的義工進來說要結束了。不再放病人進來。
一邊收拾東西，一邊和王大衛討論一些病情時，小珍繞了回來。
「原來小楊是一個密醫。」小珍很興奮地和我們分享她得到的情報。
小珍語調很高亢：「但是聽老太太和她兒子說，小楊比什麼醫生都厲害喔！三年前她要不是小楊冒險救她，可能早就不在了。哇！真是隱於民間的一個現代俠醫。或者說是一個世外高人！聽說他常用兩三味中藥就治好西醫都沒有辦法治的病喔！連這裡有位西醫都曾拜託他哩！聽說我們義診的前輩劉醫師也曾經大力稱讚他，說他是一個什麼……經…方的高手！」
喔？連我們都很推崇的前輩劉醫師都推崇他。這又令我們更加有興趣認識。這可能是一位民間的高手了。我和王大衛對看一眼，我可以看出他眼中的好奇和期待。
「找劉醫師！」我和王兄幾乎同時說出來。
三步並作兩步地衝到也正在收拾東西的劉醫師前面表明了我們想知道小楊的資訊。太好了！劉醫師認識他，我們一定可以找到的。
「喔，小楊啊！我知道他，但說真的們我沒見過他嘢。」劉醫師笑著說。
「但小珍說您很讚許他。」我指著小珍說。

「嗯。我是說過他不錯，來了這裡幾次，有不少人提到小楊，連本地的墨西哥朋友們有不少人都知道這一位醫術很強的中國高人小楊。有個偶然的機會有人給我看了幾張小楊開的方，我問了病情再細看他的出手。很驚訝在此地民間有這樣的一位高手。他的理路和隨症變化很有條理，想來有很強的師承吧！」

「所以您也沒見過他？」我有些失望地問到。

「沒有錯，我沒有很多機會待在此地，也不曾見過他。」劉醫師有點遺憾地回答。

「那您知道怎麼找他嗎？」小珍急切地問。

「不知道。也許要問當地人才知道吧！」劉醫師說。

王大衛問小珍：「剛才老太太沒有說小楊在那裡嗎？」

小珍很無奈地說：「他兒子好像不願意說，老太太自己是說不出小楊所在的。」

一邊討論的時候，會場在很多義工的努力之下收拾得差不多了。一天下來居然有高達九百多人來看診。很高興完成了今天的任務。

我和王大衛一同去找載我們來的鍾先生。看鍾先生還在忙著裝東西上車，我們也就去幫忙。一個義診要成功，除了醫生之外，所有行政人員和義工的策劃和配合才是成功的關鍵，可說是缺一不可。此外美國法規多而且保險事宜的處理也不是一件容易的事，這些都是要列入考量的。

鍾先生是義診活動的老義工，也是一位相當熱心的人士，今天本來我和王大衛要自己開車來的，但是鍾先生覺得還是不要浪費汽油，就邀我們一同搭他的便車前來。

一面搬東西上車，鍾先生一面和我們聊，我一再稱許他的發心。

「邱醫師，廣大的田野上有很多很苦的人啊！」鍾先生嘆了一口氣。

他又說：「今天我就遇到了一幕令人感慨又感動的事。這讓我覺得這樣辛苦奔波來參與義診是很有意義的，也提醒了我參加義診的初衷。」

「喔！請和我們分享吧！」

「嗯……這是今天下午快結束前發生的事……」

（四）

鍾先生開始講今天發生的事：

「今天下午兩點三十分左右，我正在擔任接待掛號的工作。在會場裡面的工作人員走出來告訴我們因為三點要結束所有活動，從現在起停止掛號。畢竟要消化之前登記的病患，而且本地的人大家都知道活動的時間，說來已經沒有人再來排隊了。大家一面把最後名單送進去，另一方面也準備要收拾東西了。大約在兩點四十五分的時候……」

鍾先生和我一面收著垃圾桶裡的袋子一面談著。

「這時遠方出現了兩個身影，看來是一個祖父帶著一個大約五六歲的孩子走了過來。大家都在忙，我卻注意到了這兩個人，只見那老者穿著就像本地的農人，頭戴著一頂很舊的有邊的帽子，被太陽曬得通紅的臉布滿了縐紋，粗大的手看來是習於農耕的人，這樣的人物在這個農業區是很常見的。這孩子長得很瘦小，黝黑的臉龐上有著一雙大眼睛顯得更瘦。當他們來到我這裡時，兩個人都相當的喘。」

「我請他們先緩口氣，但老者很緊張地說因為沒有車，他們是步行加上轉了兩趟公車才來到這個會場，幸好應該趕上了，想問還可以掛號嗎？我感到有點為難，坦白告訴他在十五分鐘前就結束掛號了。醫生和場地的時間都有限啊！我都還來不及去裡面問一下，只見這位老者表情十分失望，就像跑了好長的路但火車居然剛開走一樣，我正要安慰他並請人進去問的時候，只見老人家兩行眼淚流了下來，在那被加州陽光長期浸潤的古銅色皮膚上，這兩行清淚顯得是這樣地突兀，他用力地摟著孩子的肩，好像還在安慰著這個小孫子，但又顯得沒有信心去面對走進醫療體系的種種阻礙。在午後的這一刻，好像連偶然才有的一絲清涼的風都分配不到這對祖孫的身上。加州強烈的陽光和冬季寒冷的風雨是打擊不了在曠野上和大自然搏鬥來養家的男子漢的，但是在醫療世界的大門前，那無奈的眼淚還是流了出來。在場大家都一時靜了下來，面對病苦，沒有人能不低頭的！」

鍾先生的眼眶有些紅了，我們拖著很重的垃圾袋，一時無言。

鍾先生繼續說：「老人家嘆了口氣，他說自己沒有大病痛，主要今天是來為了孫子的蛀牙來找醫生的，他們沒有錢，不敢去看牙醫，但孩子是這樣地需要幫助，今天主要是田地裡忙，自己又沒有車，一時也找不到人來載，爺倆聽到人家說有不用錢可以看牙齒的，連跑帶跳地一路趕過來。哎，窮人家生病是這樣奢侈的事啊！邱醫師，你知道的，在美國看個牙醫如果沒有很好的保險的話，那個費用會嚇死人的。」

「我知道，前些時候我做了一顆牙齒的根管治療，自費就要一千兩百塊美金。」我說：「要不是有保險，全部一共要兩千八百塊美金啊！」

鍾先生說：「是啊！你可以想像這樣的義診對於一個貧苦的家庭有多重要。我當時立刻請人家衝進去問，我們的牙醫師非常好，當場就說當然要看，我用西語轉答了這個好消息，老人家相當感激，我永遠記得那帶著淚水的笑容，我要在未來義診的工作上有任何阻礙都要想著這一幕！老先生頻說這對他的孫子來說太重要了，事實上這孩子已經牙痛了兩個月了，但還是一直撐了下來。邱醫師，你知道為什麼美國花很多人力抓偷渡者，卻還有這麼多非法移民在這裡？」

「不知道嘢！」

「因為不得不多少睜一隻眼，閉一隻眼。常來這裡作義診的協調準備工作，認識了一些在這裡的華人朋友，他們都說來自美國以南的鄰國的朋友是這裡最重要的農業勞動人口。如果沒有這股力量的注入，以美國的勞工工資和福利，任何一個農場的成本都會大幅增加的。如果這樣，我們每天餐桌上的水果和蔬菜可能要貴上兩三倍以上。我來問你，美國一般大眾願意在烈日下摘一天的草莓而賺不到一百元又沒有任何福利嗎？」

「你不說我都沒有想過這個問題。是真得在人工上的成本會高得不得了。但這不是犧牲了不少移民來造就農業嗎？」

「這倒是供需問題，但是工資不高是一回事，對他們而言是比在家鄉好上不少。但除了工資之外最重要的是：當你被排拒在醫療保險的大網之外，你簡直沒有生病的權利！一個窮苦的勞動大眾常要擔心，辛苦積攢的一點錢只要一張來自醫院的帳單就會全部化為烏有。甚至於要散盡一切所有再欠上一大筆債。貧和病是一對好朋友，他們經常一起出現，人間的苦難悲劇也多從此而來啊，！邱醫師。」

我們都長嘆了一聲。

「這孩子可真是辛苦了，撐了兩個多月的牙痛。」我說。

「是啊！但聽老人家說幸好有位叫什麼「蕭陽」的中醫用草藥給孩子咬著，很神奇的是這樣可以很快止痛，這才讓孩子可以撐到現在。但是那位醫生叫人家通知他們今天過來。」

「是小楊吧？」

「我也聽不清楚……」

這是今天不知第幾次聽到小楊的名號了。這位高人在這廣大的田野中救助的人真不少。我的心裡更想去認識這位高人了。

這時小珍又不知道從那裡跑了出來，很高興地說：「兩位叔叔，我知道小楊在裡！我帶你們去！」

（五）

小珍非常興奮地告訴我們她從本地義工的身上問出小楊的地址。

「小珍，我們是坐鍾先生的車來的，要趕回去的。」我說。

王大衛也說：「我們和小楊先生又不認識，忽然拜訪人家也不好。」大衛兄是一個老成持重的人啊！

小珍雙手緊握地說：「我自己開車來，我自己去找他好了！」

「這就更不好了，一個女孩子家自己去找一位陌生人不好吧？」王大衛說。

說真的，來一趟也不容易，我自己倒也想去。

鍾先生笑著說：「我得要運些東西回去，不然就請小珍幫我送這兩位醫師回去好嗎？」

小珍笑道：「這個沒問題，包在本姑娘身上，搞定！」

我和王大衛互看一眼，只好開始參訪小楊的行動了！

* * *

車子在傍晚的鄉間道路上奔跑著，兩旁的風景一會兒是草莓田，一會兒是桃子園，不時又見農舍出現在田野中。這廣大的田野在四通八達的道路系統中充滿著一種活力，讓我們這些城市土包子心情為之大好。但小珍卻是急得有些暈頭轉向。我們安慰她不用急，找不到就回去吧！

「奇怪，我明明問清楚是轉到這條路再走三英里，但好像都是杏子樹，沒見到農舍啊！」在附近繞了近四十分鐘後，小珍有些難過。

「兩位叔叔，真不好意思，我好像迷路了！」小珍哭喪著臉。

「沒關係，我們也不好意思沒能幫上忙，不然叔叔……不，還是叫大哥好了，請妳去吃飯好嗎？」我說。

「可是沒找到神醫小楊真是太可惜了。」小珍還是有些失望，不住地向我們道歉。

「沒有關係，我們在鎮上吃飯，順便也再問清楚小楊的住處好了。」王大衛總是提出很有建設性的看法。

於是我們再回到熱鬧的鎮上商業區吃晚飯。

「小珍，今天妳可以放開懷地吃，我們請客！要謝謝妳今天的幫助」王大衛說。

「嗯，今天難得兩位叔叔請客，節食計畫暫停一天！」小珍這時總算高興一些。

我們決定吃中餐。中午的餐盒是三明治，吃得我們熱愛米飯的胃有些失落，一定得吃些中餐來填補一下。

幸好中餐館不難找，在美國任何一個小鎮都一定有中餐館可以找到，當你吃了好幾個星期的美國食物後，任何一間相當不像話的中餐館做出來的菜都會讓你覺得是人間美味。只見有間中餐廳叫「鹿野苑」的在市區最明顯的地段，看來燈火通明，人來人往的，我們就決定去這家吃飯！

這家餐廳英文名字倒和中文沒有相關，就叫：「Chef Le's Cafe」，看來是一位李先生開的。

店還不小，但就像在美國各處開的中餐館一樣，他的擺設和風味是這樣地典型，幾張俗氣的國畫，一個突兀的大魚缸，加上一進門的一個捧著大元寶的金身彌勒像。連穿著制服的服務生……這位中年而略清瘦的先生看來也是毫無例外的典型。

裡面的餐桌都坐滿了人，大多數還都是金髮碧眼的外國人，喔，應該是本國人，在美國我們才是外國人不是嗎？

看來這是一家做美國佬生意為主的店，看了菜單，有些擔心會端出不是甜就是酸但一定有一股醬油味的美式中餐。我們俗稱是「騙老美的中國菜」。

但這位廣東口音的跑堂先生好像很有經驗地告訴我們：「幾位是說普通語的吧？別選那些有圖片的餸，後面中文寫的那張有師傅真正拿手的餸。」什麼是「餸」？廣東話中「一道菜」是也。

三個人狂點起來，菜一上來，大家迫不及待吃了起來。哇！居然水準很高，味道好極了。

「不是因為餓了所以品味降低，這菜在台北都還說得過去啊！」小珍喜道。

「那要感謝小珍給我們機會來到這裡了。」我說。

吃得正是高興，跑堂的先生給我們送來一盤素黃雀。

「我們沒有叫這道菜吧？」王大衛說。

「老闆請你們的，我們有位小兄弟說你們是今天義診的醫生吧？」跑堂的先生很客氣地說。

「哎啊，不好意思啦！」我和王大衛說。

「哈，我就知道跟著兩位叔叔是對的。」小珍在跑堂的先生離開後說：「對了，不妨我過去問一下……」

不待我們阻止，小珍就跑去櫃檯和餐館裡的人講話。

沒多久，只見一個高大胖壯的中年先生和她一同來到我們的桌邊。

「兩位叔叔，讓我來介紹一下這位是余老闆。」小珍說。

一陣相互介紹後，才知道是這個餐廳的老闆，只是為什麼不姓李呢？這倒沒有細問。

「你們要問有關小楊的事啊？」余老闆紅潤的臉上有點開心：「我和小楊是好朋友啊！幾位是做義診的醫生，真是難得的發心啊！我是很尊敬也很感動的。謝謝你們來到這個鄉下。這位小姐說想問小楊的事是嗎？嗯……小楊的事平日我們也不敢亂說。」

余老闆坐了下來，我們忙著把一個空杯子注滿茶。

王大衛是比較穩重的人，他忙說：「余老闆您比較忙，不好意思耽誤您的時間。」

余老闆笑著揮了一下手，喝了口茶水說：「不過……算是大家有緣，我也信得過你們。我可以和你們講講小楊的事。」

喔！想不到王大衛的吃飯決定讓尋找小楊這事有跡可循了。

（六）

「這是十幾年前的事了，大概有十六年吧！我有一個好朋友方先生，他是經營養雞場的，也做些農業。家裡附近有兩公頃他承租的土地，他決定要在這土地上種植甜瓜。」余老闆喝了口茶，開始告訴我們一件往事。

余老闆說：「你們知道種甜瓜要花不少功夫，方先生一個人做不來，他就長期請了一些Amigo（此地稱墨西哥裔的工人為amigo，意為朋友）來幫忙。他乾脆以合作的方式和他們說定，所有成本歸他，種出來的作物他拿一半，另一半的收入歸工人所有。那兩年甜瓜價錢很好，這樣算比領工資不知高出多少，大家都很高興替方先生工作。因為收成有一半是自己的，這些工人工作起來可勤快了。」

「這方先生的心量很大啊！」我說。

「可不是？他雖不是很有錢的人，但卻是很仁厚的一個人，你們的義診活動他可也是出錢出力來支持啊！記得十多年前的那一天，也是很巧的，我去方先生家裡喝茶，兩人聊得正高興時，有位工人神色匆忙地跑了過來。原來是有一個在方先生田裡工作的年輕工人一不小心從大型翻土機上摔下來。我們就三步並作兩步地衝過去。一見到他的時候就覺得大事不妙了。」

我們放下筷子，靜靜地聽余老闆講這件往事。

「這個叫Jose工人失去意識快五分鐘了，想來是後腦著地的。這下我說快送醫院吧！但有人說他沒有身分也沒有保險怎麼送啊？方先生說先送再說，人命關天啊！先不要管錢的事了。就在這個時候，有另外一個工人從外面找來了一個老中……」

「就是小楊嗎？」小珍問到。

「嗯，正是小楊。我是認得他的，他剛從外地搬到這裡做農夫，這裡有多少老中？所以大家都會認識的。一開始我不知道這工人找來小楊幹什麼，其實當時我也看出小楊也很緊張，他看了半天，先用手指按壓他的人中，但好像沒有作用。想了想就說：『反正也沒有別的辦法，一試何妨呢？快，剪下他左額上的頭髮下來燒成灰，吹進他的耳朵裡去。』當時我就想，原來這位楊先生還會道法啊？在今天科學發達的美國，要不是窮到去不了醫院，誰用作法來治病啊？但還是很好奇就是了。」

「這就太離譜了，原來小楊不是醫生，是一個會法術的道士啊！」小珍不無失望地說。

「這倒不一定……你讓余老闆說下去。」王大衛說：「這頭髮燒焦了就叫『血餘炭』，這是一味活血化瘀力量很強的中藥。」

余老闆點點頭接著說：「在場的人七手八腳地照著小楊的話做了。結果……奇蹟就發生了，那真是見證奇蹟的時刻！Jose在焦髮吹進耳朵一分鐘後，忽然發出一聲低淺的聲音，身體動了一下，大家都屏住氣看著他，方先生事後說當時他只覺得要快打電話叫救護車來，這幾分鐘的時間像一輩子這樣長，這是人命關天的事不能開玩笑啊！」

「結果呢？」小珍急著問。

余老闆又喝了一口茶，他說：「說來真是令人振奮。在不久之後，Jose居然醒了。」

「哇！真得像巫術嘛！」小珍忍不住說。

「是啊，當場大家都很驚訝，Jose看著一群人圍在身邊也是一臉茫然。這是大多數人第一次見識小楊的功力。但有幾位Amigo已經受了小楊幫忙，情急之下第一時間衝去找他。後來，我們慢慢見識到小楊用中藥治好了很多病，有很多次我們簡直不敢相信中醫可以做到這樣子，而且有時速度很快哩！但小楊很低調，他說自己是見很多貧苦的人實在無力就醫，所以才不得已要出手。我們何嘗不知道在求救無門的前提下，小楊是很多窮苦病人最後的希望，是隱身於鄉野間的醫療守護者。雖然不見容於檯面，但是真正救助了很多人。沒有錢的人生病是天下最苦的事。小楊常這樣說。他平日務農，幫大家看病施藥都是免費的，他說自己不是醫生，吃什麼藥是大家對他信任而自己決定的，他當然不能收錢。」

「可是中藥是要錢的啊！難道他都自己種嗎？」小珍好奇地問。

「小楊因為知道我常上金山大埠去辦貨，有自己的貨車，所以他常拜託我幫他進中藥，大家後來就常拿一些錢放在我這裡做買藥的錢。我把錢拿給小楊，他說放在我這裡是最好的。你知道嗎？小楊用的中藥材都是便宜的藥材，他常說老天爺是公平的，最有效的中藥材往往都便宜得很。我常想，如果美國人人都用中藥來治病的話，美國花在醫療的錢可省下好大一筆啊！這幾年我見過不少病用中藥就可治得很好。」

王大衛和我聽到這裡都不住點頭。當初學中醫是興趣使然，本身有很好的正職，雖然也常用中藥來幫病人治病，但從來沒想到中藥是很便宜的這一點。

「當然，中藥材大多是很便宜的，但也有相當貴的啊！」王大衛說。

「所以小楊在用藥上都先不考慮貴的藥材，他甚至說有時便宜的藥用得好功效更高呢！」余老闆說。

這時小珍接口了：「那今晚可以帶我們去拜訪他嗎？」

余老闆說：「改天……改天吧！今天晚上我忙，沒有辦法帶你們去。」

（好忙……還坐在這裡和我們聊天？）

他想了想，就在一張餐巾紙上畫下小楊的住處位置說：「或許下次再去找他，就說是余老闆介紹的好了。」

「什麼下次，這種奇人異士，今天本姑娘就要去拜訪！」小珍笑說。

我和王大衛互望了一眼。

（這位小姐太急了吧？）

（七）

走出鹿野宛中餐館，天色已暗，有幾顆明亮的星星已經在晴朗的天空出現，那一輪初上地平線的明月雖大倒也蓋不住星光。在初夏的莫德斯多，到了晚上大地的熱彷彿還留戀在土地上，不願拱手讓給那夜的清涼。有一些蟲子開始在燈光映照中四處飛動。想像此地成千上萬的各式作物還在這加州陽光一日的餘溫中拚命成長，這種大自然生命的律動在高科技的矽谷是很難體會得到的。

「很棒的一餐啊！大衛兄。」我一邊說，一邊和王大衛走在後面。美好的食物讓我們放慢腳步，讓消化的工作在平和中進行。

小珍卻很大走地向她的車走去，一方面回頭示意要我們快些。

「兩位叔叔快走！我們要快去找神醫小楊了！」

王大衛這時有些不好意思地說：「小珍，我們今天先別去找好了。」

「為什麼？」小珍不解地說。

「該是回去的時候了，有些晚了。」王大衛看著天空說。小珍一時好像洩了氣的皮球似的看著大衛。

不待小珍說話，我替王大衛說了真正的理由：「小珍吶，這妳就不容易理解了，所謂的『妻兒在，不遠遊，遊必有方』啊！太晚回去對家裡不好交代。」

王大衛有點不好意思地點點頭。

「原來是兩位叔叔怕被太太罵呀！」小珍故意把手叉在胸前鄙夷地說。

「小珍，妳不瞭解，一個為人夫、為人父者無論到那裡去，心中總是顧慮著他的家庭，不回家吃飯心中總是有些不安，再晚回去孩子睡了就一天見不到面了。」我這樣地解釋著。

「好吧……………只是下次要專程來不知道是什麼時候了。」小珍無奈地說。

「沒關係，我們常要來中谷一帶參加義診的。其實我也是很想去參訪小楊的。多少中醫的高手委身草莽之中，每每在成千上萬的病例中有著珍貴的醫療經驗。」我安慰著小珍，也安慰著很想找小楊的自己。

回矽谷的車上，王大衛和我都有一些歉然。當車子行駛上高速公路，投入夜晚的更深處時，車上有些令人尷尬的安靜。

小珍這時笑了，這個丫頭總是很不按牌理出牌的。她笑著說：「叔叔們，我在想，如果小楊這麼容易就找到了，怎麼能顯出是一位世外高人呢？」

我也笑著說：「沒錯，就是這樣。」

王大衛也鬆了一口氣說：「對……對……如果劉備第一次拜訪臥龍先生時，一開門就見到了人，一見面人家就答應出來，就樣還能顯出一個高人的特殊性嗎？」

好嘛！中年男子在幾年的生活歷練中已經很會隨著局勢的不同而出手了。我也接著打鐵趁熱地說：「大衛兄說的很有道理啊！沒有二祖求法時久立於雪中並斷臂以示真誠，怎能顯出禪宗這教外別傳的拈花妙法的偉大呢？如果不是一再忍住氣，張良怎得到老人手傳的奇書呢？三藏求法也要經九九八十一難，我們找小楊若真的是一大因緣，定有阻礙當前啊！」

小珍好像視破了個中的情形似地大笑說：「兩位叔叔的典故很多嘛！有點不知所云了。反正就是今天要快回家的意思吧！」

我和王大衛只好也用大笑來回答。

車子越過山區，矽谷的萬家燈火已在眼前。在這一片燈海中，有我心所繫念的家啊！這一天很有意思，小楊，這位高手何時才能見上一面呢？

但週末一過，回到矽谷的生活就像浪濤一般襲來，我們得要面對著各種生活工作的壓力而全神應戰。尋找小楊這件事，慢慢地我也漸漸放了下來。而且週末要陪陪太太孩子，不見得會有機會專程去一趟中谷地區的。

「法不孤起，必待緣生。」一旦有此因緣，則很快地就有後續的發展。

劉醫師來電要我和王大衛一同去參加下一次的義診籌備。在家人很支持我們的義診付出的情況下，我們再一次因為要做行前準備而來到莫德斯多。主要是上一次的活動地點大眾運輸交通上並不理想，我們必需要換場地。勘查新地點是這次準備工作中重要的一環。

於是兩週後我們又再一次來到了這一望無際的田野。喔！當然尋找小楊團隊中的小珍也來了。她聽到鍾先生說我們要來卻沒有找她還生了氣，但在我和王大衛合作胡扯了一堆理由後才平息。

我們再一次來到這片大地上，一同來找這護佑無數貧苦眾生的醫王！

＊＊＊

勘查紀錄完場地之後和鍾先生、劉醫師告別也不過是下午三點的事。我們一行三人這次又有了小楊的住處資料，相信一定沒問題。再加上今天開的是王大衛新買的白色豪華房車，車上配有最新的衛星定位導航設備，我想這樣應該萬無一失。

「啊！我們應該先問問余老闆，請他先和小楊說一聲嘛！」小珍有些緊張地說。「沒有問題，我早就打電話問了余老闆。」王大衛很有自信地說：「他雖不便直接給我小楊的電話，但他說小楊今天是在家的！」

車子走在各種果園分布的平整道路上，兩旁夏天綠油油的景象讓大家的心也開朗起來。

在一次轉彎之後，映入眼廉的是滿樹成熟的白桃，桃子艷紅的身影在翠綠的葉子中閃耀著，一路相連到遙遠無際的路的盡頭，那是一種視覺上豐盛的宴饗，大家都忍不住輕讚起這美景。

「下一間房子應該就是小楊的住所了！」王大衛宣布。

果然在路邊有一棟不大的紅瓦白牆的平房。一看門牌號碼，沒錯，這就是小楊的家！

（八）

我們見有電鈴就按了一下，沒有任何回應。於是大家只好用敲門的方式再試一下。

「真是失望啊！好不容易才來到小楊家，他居然不在！」小珍居然就坐在土地上嘆起氣來。

我看了一眼王大衛，示意要他多少講些話。

「小珍啊！別難過了！小楊應該是有事先出去一下，我們在這裡坐一下聊聊天，一會兒說不定他就回來了。」王大衛說。

我拿出從家裡帶來的一些點心請大家吃。這時心裡有些奇妙的感覺，覺得會不會小楊其實是在屋裡，他是在試我們的耐心的。

小珍只好問我們有關中醫的一些觀念，我們也你一言我一語好像對口相聲似地來點中醫養生健康教育，大約三十分鐘很快就過去了。

就在這個時候，我偶然注意到有人在馬路對面的果園中。我手一指，大家注意到在滿園白桃的樹叢中有一個人在裡面。

仔細一看是一位中年而有一頭白髮的華人男性，穿著務農的工作服。他好像也注意到我們，慢慢地向我們走來。

「小楊，這就是小楊……」小珍興奮地低聲說著。

小楊？這就是百聞不如一見的神醫，隱身在民間的高人小楊嗎？

王大衛很客氣地向前去詢問。

「請問您是小楊嗎？」

這位先生笑了笑說：「小楊不在家吧！你們找他有事嗎？我姓葉，是他的鄰居。」

葉先生居然說的是台灣國語，看來是從台灣移民來的。我們也自我介紹了一番。

小珍問到：「那您知道他去那裡了嗎？」

「嗯，有人有一大箱已經曬乾了的紅棗要送給他，他說不好意思請人家送來，決定親自去拿。」葉先生說。

「不過，他去了有兩個多小時，會不會又去幫人家看病了呢？」葉先生這麼一說，我們有些擔心不知要等多久。

葉先生說：「常常很多人一找小楊看病，人就會愈來愈多。他看病很仔細，而且他不是只開個方，他還同時施藥，甚至幫病人備好藥、煮好藥。」

小珍這時望了我和大衛一眼說：「這和兩位叔叔說的『醫不扣門』的觀念不一樣喔！」

葉先生這時也說：「小楊也說過『醫不扣門』，但他說有時為了保證病人不會因為自已抓藥、找藥的過程太長而耽誤了病情。有時病家窮苦，本地又不比金山大埠或矽谷有中藥舖，要人家去找藥是不可能的，大多數的人也不懂中文嘛。更何況有些藥實在要我們準備好，要病人自己來處理一些峻藥，那也是不能放心啊。」

「嗯，您說的沒有錯。」王大衛同意地點點頭。

「哎！你們不知道，小楊真是菩薩來的。好多人沒錢看病，而他們的病可真是嚴重的很啊！本來大家想一些樹枝葉子什麼的怎能治病呢？對不起，我是從台灣來的，從小就被教育只有西醫是科學的，中醫嘛……在認識小楊之前我都不相信的。」葉先生說。

小珍很好奇地問他：「那你怎麼會信了小楊、信了中醫呢？」

葉先生微笑點頭說：「是啊！很奇妙的因緣。那一年我四十五歲，有一陣子小便起泡泡、皮膚水腫、血壓高、貧血及疲倦等問題。到後來我就有癢、噁心、嘔吐、打嗝、手腳顫抖等症狀，我去看了西醫，在一陣的檢查之後，醫生告訴我必需要洗腎！當時心裡很害怕也只能無奈地決定開始洗腎，真是萬念俱灰啊！也許是命不該絕，有一天和開餐館的余老闆聊到這事……」

「喔！我們認識他，就是開那間『鹿野宛』的那位余老闆吧！」小珍問道。

「沒錯，就是他。」葉先生繼續說：「他告訴我不妨先給一位很高明的中醫師看一下，我是相信余老闆的，但若說中醫可以治好洗腎的重病，我可是很難有信心的。但是見到小楊後，我知道他會有辦法。他說他不問西醫給我什麼病名，他只想就我的所有症狀做出解決之道。他開了藥給我，我半信半疑地開始吃了中醫的湯劑。我的身體清楚明白地在好轉，過了一陣子我還是不放心的去找西醫檢查，你猜怎麼樣？西醫居然說我不用去洗腎了！後來我繼續吃小楊的藥並且持續去西醫那裡追蹤，我的病真的痊癒了。白人西醫很驚訝我的改變，問我有什生活和飲食的改變嗎？我不想告訴他，只說華人有華人的方式，他說這很好，應該持續下去。」

「你遇到很好的醫生啊！」王大衛說！

我們又問了不少細節，對小楊的敬慕又多了很多。

我們都在想著葉先生的這番話的時候。這時小楊家的門忽然打開了。

我們都嚇了一大跳。小楊居然在家啊！

（這是在測試我們的誠意和耐心嗎？）

只見走出來一位大約是高中生的年輕人，他長得高瘦，但臉色紅潤，雙目有神而帶著一種英氣，一臉和善的笑容令人想到初夏加州的萬里晴空！

看來有一種很出眾的感覺。

他的手上提著一個有蓋的鋼鍋，我們可以聞出那是一鍋煮好的湯藥。他看到我們倒不驚訝，只是親切地和大家點點頭。

這才是小楊？什麼！小楊居然是這麼一個年輕人！

（九）

「你就是小楊啊？」小珍說話的聲音都有些震顫了。

不會吧？小楊是個這麼年輕的人？

這個年輕人先是一愣，然後會意地笑了起來。最後連葉先生都笑了。

葉先生說：「這不是小楊啦！這是小小楊。」

這位年輕人放下鋼鍋向我們行個禮說：「小楊是我父親。我是小楊的兒子，我叫楊嘉鎮。大家都叫我阿鎮。」

「喔……你是小楊的兒子。奇怪，我們在外面按鈴又敲門怎麼都沒聽到啊？」小珍有些不高興地問。

阿鎮想了想就回答道：「這位姐姐，很抱歉，可能你們在叫門的時候我正好去屋子後面去摘玉米。我們家後院的地比較大，沒能聽到你們的聲音。」

王大衛忙說：「沒關係，不好意思的是我們，有些唐突地來拜訪。我是王大衛，這位是邱日昇醫師。我們是想來拜訪小楊先生的。」

我們再一次地自我介紹了一下。

「喔！我曾聽余伯伯提過好像有人要來拜訪。本來以為爸爸只出去一下，沒想到他打電話來說是遇到有急症的病人，他要我煮藥送過去。」阿鎮說。

「你知道是什麼問題嗎？」王大衛問。

「爸爸說是一位在Chambers農場工作的一位Amigo有急性的腹絞痛，聽說痛到快不行了。」

「如果是這種問題得送去醫院啊！」王大衛說。

這時葉先生說了：「我知道本地的大地主Luis先生去年也是腹部絞痛，去了本地最大醫院，醫生說是成人比較少見的腸套疊，後來開刀處理後居然死在手術檯上。聽說現在他家人都還在打官司哩！這Chambers農場工作的Amigo會找小楊幫忙，恐怕是因為沒有錢吧？這沒有錢的人沒有辦法動手術。反正一時死不了，休息一下看看。有時候窮人有窮命但反而活了下來。大家都說Luis大老闆如果沒有錢而只好請小楊出手，說不定今天還活得好好的呢！」

我問阿鎮是什麼藥，他說小楊要他煮的是金匱要略上的附子粳米湯。我們都很驚訝他對方劑很清楚啊！

葉先生說：「阿鎮可是小楊的好幫手喔！」

「你的國語講得很好啊！你是在美國長大的嗎？」我問阿鎮。

「我是在台灣出生的，但很小就來到美國。可是爸爸對我的中文要求比較嚴格一些。

啊……不能多聊了，我要出門把爸爸要我準備的湯藥送過去。」

看來今天是見不到小楊了。我們三個互看一眼。

王大衛說：「小楊醫師在看病嗎？我們是不是也可以一起去跟診？」

阿鎮點頭說：「爸爸也知道你們來，他還在電話裡問我義診的醫生來了嗎？」

看來余老闆真的幫我們和小楊說明了。

於是尋找小楊的行動就要進入高潮了。

我們請阿鎮坐上我們的車，他想了想就同意了。

於是我們一行四人就快速地往這Chambers農場出發。這車就在一個綠色大迷宮中繞來繞去，這個農業區是一望無際的果園和農田，在一片綠色的植物大海中，車子好像一直往更深處不斷鑽下去。雖然農場離小楊家不遠，車行也不過十五分鐘，但我們都覺得時間經過了很久，我心裡想終於小楊就要出場了，古代高人在「雲深不知處」，小楊則好似隱身在這一片綠色海洋中一樣。

小珍在車上問阿鎮：「你家裡有多少人呢？你媽媽不在家啊？」

阿鎮緊抱著煮好的湯藥，緩慢地說：「我媽媽過世了，家裡只有我和爸爸兩個人。」

「I am sorry to hear this.」小珍歉然地說。

「It's OK.」小楊輕輕地笑了笑，反而是在安慰小珍一樣。

「王醫師，請往左邊轉再往前過了水渠上的小橋就到了。」阿鎮還是緊抱著那鍋藥說。

我們居然來到了農場旁玉米田邊的幾台露營車前。有七八個小孩在嬉戲，另外有一些西語系的農工在車子旁談話，我們下車走了過去。他們看到阿鎮都很高興，大家都和阿鎮打招呼。

（小楊呢？）

正在這麼想，只見一位老中從車中走了出來。這位看來有五十來歲的先生身材高大、頭髮烏黑，兩目有神但看來誠懇老實，這位一看就知道是阿鎮的爸爸。他看了大家一眼，很快地就明白是怎麼回事。

他伸出一隻看來是習於勞動的粗厚手掌來和我們握手，親切地笑著說：「鄙姓楊，楊漢霖。漢唐盛世的漢，久旱逢甘霖的霖。大家叫我小楊！」

（十）

終於我們見到了小楊。他看來是這樣的慈和，我一握他的手，就知道他是在這片大地上和天地搏鬥來生活的農人。但他有一種說不出的氣質，那一種令人心情為之穩定的氣質。他是那種看來曖曖內涵光的人。他抬頭挺胸，步履穩健。他讓我想起了「男子漢」這三個字。

我們很快自我介紹了一番。

「各位是參與義診活動的有心人，我非常敬佩！」小楊這樣說，這令才剛開始參與義診的我們有些不好意思。

小楊示意要阿鎮先進去露營車裡。啊！我差點忘了是來送藥的。

這時我才注意這些農工住在這幾台很破舊的露營車裡，這可不是我們在電影中看到的美國人去旅行開的大型豪華RV，而是一種沒有動力必須用小貨車來拖的小拖車。車上空間很小，也無法在裡面煮菜，我們注意到在車子旁有不少埋鍋造飯的廚具。有幾位婦女正在煮晚餐，雖然是簡陋的住處，但在大自然的綠地上吹著溫暖的夏天的風來煮飯，別有一番野趣。只是我這個城市人是這樣想的，但長年這樣生活的人怎麼想？冬天的寒風中，雨天的濕地上，那會是多麼難過不便的炊事呢？

這時小楊走進車中和裡面的人用西語交談了一會，我們看了一下小珍，她說小楊正在教病患怎麼吃藥。

不一會兒，小楊和他兒子走出了露營車。幾個農工又圍了上來，七嘴八舌地和小楊講話，我們雖然聽不懂，但可知道他們要邀小楊和我們一同用餐。但小楊看來是婉拒了。這些農工就拿出一大紙箱的作物給小楊，小楊一開始婉拒，但後還是收了下來。露營車中走出了一位男士，他很高興地用不是很流暢的英語說她太太吃了藥現在舒服多了。他上前和小楊擁抱，也抱了阿鎮。

小楊說：「不好意思，本來只是出來拿一箱人家送的紅棗。但這幾戶人家知道我會來，就把我找來看病。」

我問小楊為什麼他們會住在這拖車裡？小楊說因為他們都是有工作就做，沒有工作就到下一個地方，所以常常搬來搬去。有時工作的農場有地方可住，而有時人數一多農場的主人就提供這樣的露營車給他們暫住。雖有水電，但很多方面也不方便。小楊感慨說：「這一來農業的成本就會更低一些。但孩子就可憐了。」

我看著這些遠離家鄉為了尋找更好未來的可能的人們，心中想到我們天天享用的美好生鮮蔬果，要不是有這樣的農業大軍在這裡，同樣的花費可以擺滿整個冰箱嗎？

「三位若不嫌棄，請到寒舍用便飯好嗎？」小楊誠懇地邀請我們：「我叫阿鎮去我們房子後面摘了些菜和玉米，鄉下地方沒有什麼特別的東西，但總是新鮮的。」

我們很高興地答應了，也隨著他們回到那紅瓦白牆的平房。

和他們進了屋子，才發現果然是很樸實的住所，幾張木頭椅子的客廳，旁邊有一箱箱看來是藥材的箱子。收得倒是很整潔。我們坐定後，小楊忙交代他兒子要煮哪些菜，原來阿鎮是要負責煮食的啊！

「不好意思，沒有女主人，也沒有太多的招待。阿鎮很小的時候就學會煮菜了。他常常要為在農地裡忙幹活兒的我煮菜。」小楊一邊說一邊開始泡茶。

「啊！請不要這麼麻煩嘛！」王大衛站起來示意說。

「沒關係，不麻煩的。王醫師您請坐。今天早上余老闆來電話提到各位，我就一直想見見。讓大家找到這裡來，不好意思。」小楊說。

「我們是聽了很多本地的朋友說到您的事，就很想拜見前輩來學習。」

小楊忙揮手說：「我只是本地的一個密醫，沒有什麼本事的。各位是學有專精的合格醫師，說學習我實在不敢當。」

「不用客氣了，您的功力比我們高太多了，中醫是來自民間，只有分『看得好病』和『看不好病』這兩種醫生。我們所學有限且經驗尚淺。這次來拜訪可說是十分冒昧啦！不知道您是怎麼樣學來一身高明醫術呢？」王大衛說。

這時阿鎮先拿出一些切好的水果請大家吃。又趕緊進去作菜。

「這真是一個乖巧的孩子啊！」我忍不住稱讚一下。

小楊笑了笑但可看出他似乎有些不捨：「這孩子吃了不少苦，沒有了媽媽跟著我過日子。可喜的是很懂事也很上進。」

小楊嘆了一口氣說：「她媽媽的死是促成我學中醫的因緣啊！」

小珍就順口說：「楊伯伯，你可以說說嗎？」

這時王大衛瞪了小珍一眼，小珍想想也覺得太突兀了一些。

「楊伯伯，不好意思在初見面就了問了太多問題，這是很私人的問題，我是有些失禮了！」小珍囁囁地說。這丫頭還不算完全不懂情況啊！

小楊笑了笑說：「陳小姐不要在意，這些都是些舊事了，談談也無妨了。一切都是因緣啊！」

小楊把沏好的茶給大家斟上，作勢請大家飲了。他自己也喝了一杯。

放下茶杯，小楊看著廚房中忙碌的身影兩手緊握。

他開始講起這一切的緣起，我們在茶香和茶煙中，進入了一個充滿奇幻和悲情的故事中。

（十一）

小楊說：「知道各位都是參與義診的有心人，說真的，我沒有真正好好讀過中醫，知道的也很有限，有時覺得能力非常不足，不敢說有什麼可給大家學習。」

王大衛表情嚴肅地說：「任何面對生老病死的人都會是謙卑的，但只要能救人的醫學都是對的。楊老師不要客氣。我們有很多事想請教老師。」

小楊摸摸自己的後腦勺說：「那你們想要問些什麼問題嗎？我可沒有太多可問的，鄉下的一個密醫而已啦！」

王大衛很客氣地說：「有機緣認識老師，我們想請教老師修學醫術的經過和背景，希望老師給我們一些啟發和指教。」

小楊忙說：「真是不敢當，來，先吃些水果吧！」

大家都望向小楊，他會意地笑了笑。

小楊想了想就說：「那就先談談我為什麼會一些粗淺的醫術好了。喔……對了，請不要叫我老師，不敢當啦！」

這時天色漸暗，鄉下真是寧靜，除了晚風吹過果樹發出的聲音，一切好像都靜下來聽著小楊的故事。住在鄉間的感覺真舒服。

「我的故事要從十多年前說起，本來我和太太及阿鎮三個人有一個美滿的小家庭。工作薪水雖然不高，但是簡樸節用之下日子還是可以過的。我們甚至在省吃儉用之下有了一個自己的小小房子，有了孩子之後更是覺得一切很美好。當時我們住在舊金山市，那是很美麗的城市，也有著我們很美好的回憶。」

我們專注地聽著。

「現在我有時想想，人生的無常迅速是如此可怕，人生所有的一切都是這樣危脆。才好容易擁有的往往在無常的波浪中消失不見。就在阿鎮兩歲的時候，妻子忽然病倒了。她有些聲嘶胸痛，莫名的頭痛及關節痛更是困擾著她。我們只有求助於醫生，做各種的精密檢查。不久醫生說她是肺癌末期。當醫生宣判了這個消息，內人就在那一刻失去了所有求生的意志，心慌意亂的我們也只能聽從醫生的建議做各種殘酷的治療。我們本來就是那種『生病了是醫生的事』的想法，只有跟著醫生提出的可能時間表，一步一步地邁向死亡。阿鎮也慢慢地習慣媽媽漸漸無法抱她的事實，那是兩三歲的孩子啊！我只有多抱抱他，讓他感受到還有爸爸的愛。但終於有一天，在各種治療下，妻子虛弱無力的手連再握一下阿鎮的小手也不可能了！阿鎮居然沒有痛哭，痛哭的是我，我已經連心都累了，妻子這時跟我說了一句話：『你不能哭，你是爸爸！』。從那一天起，我堅強地在阿鎮前不再留下一滴眼淚。我是爸爸……我不能哭！」

小楊望著還在廚房忙碌的身影，嘆了口氣。我看到大衛兄的眼淚，而我則是忍著淚水。

「當一個人的運勢開始走向下坡，所有的不幸都會摧枯拉朽地毀掉一切。妻子過世之後，我一個大男人只好帶著三歲的娃兒過日子，晚上抱著孩子哄他入睡後，面對著妻子生前的照片，我覺得我的屋子是這樣的空蕩。有一晚，小阿鎮在睡夢中大叫媽媽，在他醒了之後，我問他是不是夢到媽媽了。那知道他眼中有淚水但默默地搖了搖頭。他緊抱著他最愛的一個小豬布偶，眼睛看著我的那一幕令我又想哭了。但我忍住淚水，做些動作逗他笑。這孩子並不很愛笑的。哎！才三歲的他居然開始去面對失去母親的痛苦了。一個人要兼工作和帶孩子，也沒有太多的心思來輔導他。我心裡有時也不免想這樣的日子還要過多久。」

我忍不住輕輕嘆了口氣，我們都有孩子，我們都知道做父母的苦處。

「病魔給我們家的折磨只是一部分吶。」小楊停了一下，喝了一口茶之後說：「又有一天，我在週末趁著五月天氣晴朗的午後，帶著一週上班不能好好陪他玩的阿鎮去舊金山的漁人碼頭玩，這天天氣很好，午後碼頭的浮板上有一大群海豹在曬太陽。碼頭邊有很多的遊客在觀看。阿鎮看著海豹曬太陽的可愛模樣，露出難得的笑容。這時只見到有小海豹隨著大海豹跳入水中游泳戲水，大家都看得很有興味。就在旁邊有個小女孩和她父母說：『小海豹的媽媽在教他游泳。』我聽了也微微一笑，那知道回頭看到阿鎮，他的笑容不見了，他只是輕聲的說：『那是爸爸和小朋友，那是爸爸……』。這些往事是我永遠難忘的。但不幸的事還沒有結束，父子倆的一點小幸福小快樂並沒有持續很長。那裡知道就在有一天……」

小楊再為大家倒了茶再繼續說：「有一天，公司的氣氛有點怪異，我偷偷問了一下才知道這一天公司大裁員，老闆要我進了他的辦公室，他給了我一個紙袋，他尚未開口我已經知道我也在名單上。就在二十分鐘之後，抱著一個大紙箱走出公司的建築。回首一看這個工作多年的地方，那是我最後一天在舊金山工作了。那一刻起我失業了！心中難過但是我不但沒哭，我反而莫名其妙地苦笑著。也許是要看上天還想怎麼玩我吧！沒有工作對一個受薪階級來說是很可怕的，因為不但經濟上很快陷入困境，連帶醫療保險的大傘就會把你踢出去。那一天中午我把阿鎮從褓姆家帶回來自己帶，開始了不停找工作的日子。」

美國公司裁員不但常見而且專業無情。有時也不是不賺錢，而是為了業績上的調整先裁員再說。有時只是高層的一個商務手法，對員工而言卻是升天下地的決定。

「就在工作一直都找不到的時候，我只有先把房子賣了，有個老朋友黃先生在南加州有個小旅館正需要一個人去幫忙，這是一個工作機會啊！我和阿鎮就搬到了南加州去。收入不高，但是總是有了工作而且住在旅館的房間也是不要錢的，省下了一大筆開銷，此外還能多點時間照顧孩子，這黃先生一家是我們的大恩人。遠離舊金山也好，把過去的事都拋開吧！如我之前所說的，病魔給我們家的折磨這前面只是一部分而已，因為可怕的病魔竟然找上我生命中最後也是最重要的寶貝，我那失去了母親的可憐孩子啊！」

說真的，小楊在講這段話的時候表情是淡然的，我聽到這裡感到於心不忍。小珍則是咬著濕透了的手帕，紅著眼看著外面已經暗下來的天空，她也是不忍心再聽下去吧！

「阿鎮有一陣子腳受了一些小外傷，本來我們都覺得沒有什麼，但一直沒有痊癒，想了想還是去看醫生吧！一陣檢查後醫生開了一些抗生素之類的藥，吃了幾天還是不對症，我們只好再去檢查，沒想到再一次地我從醫生的口中聽到我的命運再度崩壞……不，應該是全然毀滅的消息。他告訴我……」

我們的心這時可說是揪在一起。

「醫生告訴我，阿鎮得了血癌！」小楊說：「我楞了幾秒後本來想哭，看著孩子無辜地看著不知所措的我，我本來要留下的眼淚又止住了。我想起妻子說的話，我不哭，但是當時心是在淌血的！我楊某人一生行事正直無愧於天地，為什麼這些事要找到我頭上來呢？孩子前一次檢查沒有什麼血癌啊！也不過是兩週之後啊！人生的風雨我見過很多，但這是最沈痛的一次！」

小珍哭出聲音來了，但她又看了看在廚房忙著的阿鎮的身影而又停了下來。

王大衛關心說：「阿鎮現在看來很好啊！」

小楊點點頭說：「是啊！這一切都過去了。」

「那是怎麼樣的奇遇讓小阿鎮擺脫病魔又活了下來呢？」王大衛急問。

小楊接著平靜地說：「之後的日子，我想還是要散盡一切來救我的孩子，我原來在妻子走後就有的憂鬱症愈來愈嚴重，看了醫生也只是不斷地給我一種藥物，我吃了覺得心情穩定了一些，對於人世似乎也不想留戀了。但是想到妻子在醫療的介入後還是不免一死，那死前的痛苦令人不寒而慄！我想如果孩子活不了，我要抱著他一同死去，只剩爸爸的懷抱了，我要永遠抱著他，沒有人會離開他了！！！就在決定大不了一死的情況下，在一個下著大雨的夜晚，我決定帶著孩子離開工作的旅館找個靜僻的地方自殺！不想再麻煩黃先生夫婦。」

「啊！」小珍聽到此有些害怕。這生活一直平順的孩子怎知人生有這樣深的苦痛呢？

「就在這時黃太太來看我們，他帶來一位中年男性。她說這位醫師可以幫阿鎮看看。」小楊說。

「喔！就是這位先生把阿鎮醫好的？」我問道。

「是的。」小楊停了一下說：「這是我第一次看到他，一位悲天憫人的偉大醫家，一位改變我一生的恩人。」

「他就是我的恩師……范雨農先生！」

（十二）

原來小楊是有一位老師的。這位范雨農醫師能治好阿鎮的病，當然是一位奇人異士。我們迫不及待地想要往下聽這個故事。

小楊看著桌子上的杯子，似乎在回想當時的情景。他用茶水在桌上寫下范老師的名字。

「第一次見到范老師的時候，其實心中是很亂的，誰在這種情況下能夠不亂呢？但見到范老師後，我的心也漸漸被一種穩定的力量鎮攝，慢慢地清楚起來。我永遠忘不了初見老師的那一幕。老師雖然乍看有些年紀，背也有一點駝，但仔細一看細心的人會發現一些特別的地方。他的頭髮濃密不說，居然都烏黑發亮，皮膚白晰而有光澤，這又像是年輕人的特徵。他的眼睛似閉不閉光華內蘊，偶然的一個瞬間會發現他的眼睛有一道強烈的光芒但又旋即收攝起來。他身著白色襯衫和黑色西裝褲黑皮鞋，給人一種沈穩的感覺。這位先生帶著一點慈和的微笑走了過來。」

說真的，我們看到小楊時也覺得有一種穩定的力量在。

「范老師先看了看我，他點點頭似乎是告訴我一切會沒事的。他又抱起了小阿鎮，他看了看就笑了起來。他說：『這孩子的病，黃太太都告訴我了。但看這個孩子的相貌是有很大福份的人，他不會有問題的。』我心中當時雖不免還有一絲懷疑，但是已經不再驚慌失措。老師接下來問了一些問題，不外是有關阿鎮的大小便、睡眠、胃口、流汗、口渴不渴之類的問題，當時我不懂，當然各位是行家，知道這是很要緊的。我當時還呆呆地拿出西醫做的報告想請他看。他揮手說先不用了。他又看了阿鎮的舌相也做了眼診。最後，他又在阿鎮的督脈上的穴位做了壓痛測試。這時他點了點頭，開始在一張紙上振筆疾書，很快地他寫下了一張藥方。黃太太很體諒我的困難，她說別擔心，她去抓藥來煮。真是很不好意思，我工作的那間小旅館離大城市洛杉磯還要往南一個小時，但不去那裡可找不到買中藥的舖子。黃太太當天就幫我去跑了一趟，在開始的幾天幫我把湯藥煮好。」

小珍這時忽然不解地問：「這范老師不用看報告也沒有什麼儀器檢查就可以看血癌的病啊？」

王大衛瞪了小珍一眼：「不要打斷楊老師的話。」

小楊擺擺手說：「不要緊，陳小姐也許不知道，中醫可透過四診和各種穴位經絡的資訊就診斷出人體的各種不平衡。而范老師更是這個中的高手啊！我當時多少也和陳小姐一樣地有懷疑。范老師說我們要站在外面就看到裡面，他非常強調這種訓練，他說這才是在天地之間與自然搏鬥下產生的最高明醫術！人的身體何等精密啊！它會有明白的信號表現於外，我們只要掌握清楚了就知道怎麼出手！」

小珍說：「謝謝楊伯伯。喔……原來不是只有我不懂。但是後來的情況呢？」

「後來阿鎮身體的狀況都一直在改善，本來一動就氣喘和暈眩，也常會有嘔吐的現象，這些在服用范老師的藥之後就漸漸不再有，孩子的胃口也慢慢回來，一日好過一日，我還是不放心吶！畢竟血癌在西醫的口中是如此可怕的絕症啊！於是我們還是去西醫院做了檢查。結果報告顯示白血球指數降到原來的一半以下。連西醫都覺得驚訝。最後，阿鎮的問題就在范老師的中藥方的治療下痊癒了。很多次我都在想，如果不是范老師的出現，阿鎮也許早就已經不在世上了。我好像在荒漠中沒有一滴水的瀕死旅人，忽然走進了一個美好的綠州中，那種喜悅是在長久面對醫療過程中已成了驚弓之鳥的我從來不曾體驗過的。」

這時阿鎮走了出來。

「不好意思，請各位一同來用晚餐吧！我已經煮好了。」

小楊請大家上桌，大家一看都讚嘆不已，只有一會兒的功夫，阿鎮已經備好了一桌的菜。一時菜香四溢，我們都可以感受到主人的用心。我們在一陣客氣之後，就開始吃起這美好的晚餐。大家剛才聽的入神，早已經忘了早就餓腸碌碌，這一桌菜都是新鮮的農產。剛從後院摘來的白玉米和各式蔬菜，吃來真是爽口。住在鄉間真好，可以享受這麼好的蔬果。大家一面吃著一面談著這裡的風士人情，我們都興致高昂地聽著小楊解說這裡的農業社區的真實情況。小楊說在這塊大地上的農業大多掌握在大的農業公司的手上，小規模的傳統農業生存是很不容易的。他這幾年的務農過程中，好幾次辛苦耕耘的農產因價錢急落而虧本，農夫如果不能隨時對整個大環境保持敏感來調整方向，很可能會破產的。我們發現不是在高科技產業必須隨時掌握新的資訊，原來農夫也是，而且風險還真不小啊！

小楊特別介紹桌上的葡萄汁，這是酒廠當天現榨的紅葡萄汁，我喝了一大口，那種清甜和濃郁芳香，好像一口氣喝下整個春天陽光的精華一般，彷彿每個臟腑都充滿了這種甜香。這是任何超市中的罐裝葡萄汁不能比擬的。從來就沒有過這樣美妙的感受。

阿鎮很自豪地看著大家欣賞的表情。他高興地說：「這種葡萄汁是只有在local才喝得到喔！」

小珍好奇地問：「這麼好喝的葡萄汁怎麼不拿出去賣呢？」

阿鎮用已經算是很不錯的中文解釋說：「因為要久藏運送的葡萄汁都必需要加熱消毒之後才能pack，一方面也是避免它ferment了。而這種葡萄汁本來是要做酒的。要它不ferment只能暫時放在refrigerator裡面，在這裡大家都在當天喝完，享受best timing。今天幸好鄰居的葉伯伯幫忙買了一桶過來，大家很lucky可以喝到。」

小楊笑說：「這個孩子真不懂事，這種鄉下土產沒有那麼誇張啦！」

王大衛忙說：「這才是最珍貴的啊！我們今天見到了您，又喝到這麼好的葡萄汁，真是很棒的一天。」

小珍笑說：「我們尋找小楊的任務成功！」

王大衛說：「我還是對您怎麼拜范雨農先生為師的過程感興趣，我和日昇兄也忝為醫者，不要說探索中醫的極限在哪裡，就是在一些細節處我們有時也是不免茫然。」

我也說了一下我和大衛在過去的日子中，因為有心救助貧苦無醫的人，所以往往覺得自己的力量有限，很多日常小病治得馬馬虎虎，但一些重症除了告知患者可能得要找西醫，而有時看到某些西醫治療之下的病人的苦處，我們也莫可奈何，無能為力。

「最重要的是，有好多貧苦的病人是無力支付那龐大的醫療費用的。」我說。

小楊也喝了些葡萄汁之後說：「嗯，我很敬佩兩位的發心，這和我的理念是一致的。怎麼拜范雨農先生為師的過程嘛……說到這件往事，聽到陳小姐說要尋找小楊，呵呵，這讓我想起當年很有意思的一件事是：恩師也是告訴我，他在尋找一個人……」

我們在尋找小楊，難道范雨農大師也在尋找小楊？

「我當時也很驚訝，他說他要尋找的人就是我，小楊。」

（十三）

我們大家都對這件事產生了很大的興趣。小楊也知道非講一下不可。大家這時也吃得差不多了，於是他要我們重回客廳喝茶。小珍要幫阿鎮洗碗筷，但阿鎮說先不急，有洗碗機可以代勞的。

於是我們就坐回客廳，聽小楊講他和范雨農先生的一段師生因緣。

——

（以下為以小楊作第一人稱的敘述）

當年我（小楊）和阿鎮從舊金山來到的這個叫Ventura的小城鎮，如我前面說的是離洛杉磯市約一小時車程的瀕海小鎮。

它是位於加州一〇一號公路沿線。我服務的那個小旅館是一個比較舊也比較小的motel。這個motel如果是一般來渡假旅行的觀光客應該不想住。我們初到的時候覺得怎麼這樣破舊，房間裡那種霉爛的味道和水泥地板的浴室，都讓我想起在台灣當兵時高雄旗山的軍營房舍，說髒亂是不至於，甚至還算是乾淨，但實在是太老舊了。

我們初到這個旅館，覺得相較於此地那些大飯店真不知有何生意上的贏面。尤其是那些連鎖的飯店在此地更是豪華而精緻，這生意能做嗎？據旅館的主人黃先生夫婦說，他們也是剛取得這家小旅館的經營權的。但事實證明它還是有其生存之道。因為來往於一〇一號高速公路上有很多貨車，司機晚上要住店休息時對於居住品質要求不高，只要乾淨而便宜就可以了。所以有了這樣的客源生意還算是可以的。而我作為這個motel的管理人基本上算是很輕鬆的。

范雨農老師是黃先生夫婦很早就認識的高人。老師本來並不是住在加州的，只是聽黃太太說他是出來雲遊。偶然地黃先生知道他老人家來了，就請他來這一帶走走。本來黃先生想請他住到他擁有的另一間在Santa Barbara的高級飯店，但是范老師看了看這Ventura附近的景物就決定要住在這裡，他一共住了快三個月。也就是這樣的因緣阿鎮得以康復。

我在阿鎮漸漸好轉的同時，就在思考一件事，那就是：如果阿鎮的媽媽生病時有正統中醫的照顧，是不是也能走出一條生路呢？我想到如果老師離開了，以後不知有沒有機會聯絡到他，知道這樣的神醫在哪裡，是不是對掌握自己的生命就更有把握了呢？

據說范老師來這加州的海邊小住，是想要找個地方寫作。他當然是不希望別人吵他。但有幾位黃太太的親友要看病，范老師當然還是一一為他們診治。我常在旁邊幫忙安排地方。老師也有時會對我就病人的問題略做說明。

慢慢地我有一個想法，也許我也可以來學些基本的中醫保健治病。在美國這個沒保險就不能生病的國度裡，如果我能有一些防身的本事就好了。而在范老師的潛移默化下，我瞭解到唯有以長期臨床基礎而產生的偉大中醫學才是人類未來的希望。而中醫能做的程度絕非我們所能想像。我看到好多病是西醫束手無策的，而在范老師的手下，如同美國人常說的「只是一片蛋糕（Just a piece of cake）」。

但我又想想自己又沒有基礎，大學唸的是商業，老師大概也不會想收我這種徒弟吧。所以一開始萌發的念頭自己也覺得只是一時的想法。

老師大多數的時間其實都在房間裡寫書，只有在下午五點以後才會抱著他心愛的一把吉他去海邊彈唱。就在某一天的黃昏，老師又背著吉它去海邊，阿鎮也跟著去了。在六點多的時候我想去叫阿鎮回來洗澡，走到海邊，只見到老師彈著吉他，阿鎮就在旁邊靜靜地聽。這優美的旋律令人有出塵之想，老師是一位奇人，彷彿無所不能，而在音樂上也有令人敬佩的功力。我在老師彈完一個段落時，上前去和老師打個招呼，想請阿鎮和我一同回去。

老師轉過頭來就說：「小楊，你想學中醫嗎？」這讓我嚇了一大跳，畢竟這只是我自己的一個幻想。

老師笑了笑，好像小朋友惡作劇成功似地有些得意。這種如頑童的笑只有老師這種有赤子之心的人才會有的。

我還沒會過意來，老師收起笑容正色說：「半年前我卜得一卦，在定中仔細推想覺得這次西行有一段傳承的因緣。隨著不可思議因緣偶然來到加州，承黃先生夫婦的邀請來能小住一番。我知道這千年的傳承終將在這黃金之州找到龍象之材。而且我要告訴你，這如同達摩大師東來時說他要在東土找到一個不受人惑的人，我也要找一個不受人惑的人來傳承。而且這傳承因緣會有一個中繼的人，那就會如同唐朝時真言宗的開元三大士，金剛智，善無畏和不空三藏的法盡傳於惠果阿闍梨一樣，這三個人是來自印度的真言宗大師，他們傳的法最後都給了中國真言宗初祖的惠果阿闍梨，但在傳承上惠果阿闍梨只是先守住所有的法，包括金胎二部曼圖羅等至高的密法，他的使命是在等待從東方來的一個法師，這個人才會盡傳大法而光大於後世。而這個人就是日本的空海大師。」

我當時是有點不懂老師說的這個典故，只知道好像他要傳的中醫最高學問沒有機會直接傳給會光大此學的人，他必須先傳給一個能夠再傳的人。

范老師當時接著說：「小楊，我們因緣不淺，我這次西來是在尋找一個人，從天機和易數推算，並加上面相的輔助，我想我已經找到了。我必須先把所有醫道傳給這個人，以待來者！」老師頓了一下說：「這個人就是你！！！」

我當時是驚訝萬分，怎麼老師是來找我小楊的？我又非醫生也沒有高深的學問。事實上我對中醫可說是毫無基礎啊！老師這麼做會不會太冒險了？

這時范雨農老師再度拿起吉他唱起歌來，曲調很輕快，歌詞內容好像在講有關於千年的傳承，仔細聽又覺得個中頗有蒼涼的感受。

老師一曲唱罷，天色已經漸暗，成群的海鷗在海面上飛翔，遠處的船隻點著燈在海上閃爍，老師高大的身影在夕陽餘暉中顯得獨立而蒼茫。他背著吉他，牽起了阿鎮的手。

「今天晚上開始我們就來上課吧！」

就這樣我們開始了密集的訓練，老師的教學平易近人，他往往把高深難懂的學問，化做臨陣切用的各種心法。我如海綿吸水一樣地接受中醫灌頂。這時我才知道天人合一，道法自然的真正醫學是什麼！我也發現范老師是一位長於提綱挈領、化繁為簡、去末存本的高人。他告訴我：「大道至簡，唯嫌揀擇！」並要我忘卻病名，用整體來看一個人，忘掉世人從片斷理解出來的錯誤包袱，以每一個病人為師，把真正經典的實學化入我們的思想血脈中。這也是他強調的要「為學日增，為道日損」！

偶然黃太太會找人來請范老師看病，老師就要我一邊跟診一邊思考為什麼他會那麼治，之後他再和我解說。

除了中醫的教學，老師更一再地告訴我，只有普救苦難眾生的醫師才是真正的「醫之大者」，如果不能以佛心為初心來面對人間疾苦，再高明的醫術在面對業力的牽引都無法發揮出來。以名利做為行醫的根本，到頭來只能做一個隨業力流轉的凡夫而已！

這樣快樂而難得的師徒相處時光很快就過去了。有一天晚上，范老師走進我們旅館的前台找我，我正在整理一些剛從外面送來洗好的毛巾。

范老師說：「我有另一個因緣必須去中國西南方一趟，明天一早就要離開了！」

（十四）

知道老師就要離開，想到這些日子來的恩情，我跪下來向老師答謝他的救命之恩，也感謝老師的教導。我要阿鎮也跪下磕頭，老師連忙把我們拉起來。

「醫治不死之人，阿鎮自己的命大，我只是推了一把。」范老師說：「至於醫學方面，在這麼短的時間除了啟蒙之外，我也不能教你太多的東西。」

老師這時拿出了三本書給我。

「小楊，你我師徒緣份不淺，傳承就必需要是真傳。這三本書是我親手所著，可說是積四十年修學及實證的總和。今天要正式傳給你。今後多加修習，自然可以掌握岐黃之術、仲景之學。莫將容易得，便作等閒看！這個中有先聖先賢的心法大要，假以時日，你必可救助眾生無數。此外，在第三本書的末頁，我有再傳承的指示，十年之後，因緣自然聚合，可再將所有東西傳給能光大此學的人。本來我想先傳之東土，畢竟這一切來自漢民族和大自然艱苦搏鬥下發展出來的精華。但是我以天機參之，實在未來中醫學和西方有緣。接下來的行程，也許可在東土找到一不受人惑的人，也可能沒有，這只能隨緣了。」

語罷。老師摸摸阿鎮的頭，轉身就要走。我急著要請老師留下如何聯絡的方式，阿鎮和我都泛著淚光想多和老師說兩句。老師想了想，寫下了一個email address。他淡淡地說：「不見得我都能即時回信，……請你們自己要多保重了。」

老師本來想要說些什麼，但又停了下來，他揮揮手走入黑暗中，好像是告訴我該說的一切都講完了，後會有期！

＊　＊　＊

小楊的陳述分享在此告一段落。我們都還陷在他的故事的氛圍中，久久不語。

小珍先開口了：「范雨農大師真得好帥喲！小珍我雖不能至，心嚮往之。」

小楊也同意地點點頭說：「老師的風采在過了這麼多年後我還是懷念不已。」

我問道：「楊老師，在這之後你有見過大師嗎？」

小楊：「嗯，這麼多年來都沒有再見到他老人家，但偶然他會寫出email來給我。他的足跡遍佈各地，四處扶弱濟傾。上一次有他的消息也是三個月前的事了。」

阿鎮這時送上了蓮花茶，這味道非常特別，在清甜中有一股蓮香，大家一喝都讚不絕口。這讓我想起了在本地有一個蓮園，種滿了各式蓮花及荷花，是本地有名的景點。

小珍問了小楊為什麼後來會來到這裡務農呢？

小楊笑說：「說來大家也許不相信，但是這是因為老師還在Ventura的時候，有一天當他講解完課之後，他忽然跟我說了一件事。」

我們都很專心聽著。

「范老師指著我們旅館後面遠方的山，說是在我們後面這座山的後面是一條加州的氣脈，沿著這條重要的氣脈往北走，在人為的河流前面停下來的田野和我有莫大的緣份，很多問題的答案都在那裡。我想多問，但老師也就不再提起了。」

小楊也喝了口蓮花茶說：「我後來在多年後想到老師的話，才知道那一條加州重要的氣脈應是加州農業區中最大也最重要的公路——「五號公路」！而人為的河流是指莫得斯多北邊的運河。」

小珍問：「所以楊伯伯是參透老師的話搬來這裡的囉？」

小楊說：「不是的，我是事後才想起。」

「那是什麼原因你們會搬過來呢？」

「這是因為黃先生的一個親戚，也就是介紹你們來找我的余老闆的姐夫找我來這裡作農的。」小楊就略述了一下過程。

「喔，原來如此，那麼說范老師真是未卜先知啊！只是楊伯伯怎麼會想當農夫呢？」小珍說。

小楊笑著說：「我來自台灣南部的鄉下，從小在田里長大的啊！做農夫我是非常在行的！」

接下來我們問了很多小楊有關他在那之後的修學的問題，他說到這三本書是如何啟發他，這都令我們羨慕不已。有時只要高人的一個心要掌握了，很多難題都會迎刃而解的。

「這三本范老師寫的書，一本是『日常切用診治一覽』，第二本是『經方家的心靈地圖』，而這第三本是『上醫之道』！」

我和大衛都很渴望能一讀啊！

小楊站了起來說要去房間裡把書拿來，我們都有些興奮地等待著，「千里來龍，在此結穴」，神醫小楊的尋找，最後的重要根源就是這三本書啊！

拿著這三本大有來歷的書，我的手都有些顫抖了。果然是三本看來極有吸引力的寶典，三本厚薄不一，看來有些年代了，深色封面上都用工整的趙字寫著書名。

「范老師說這並不是什麼祖傳的祕方之類的方書。想學會這樣高妙的醫術可以去任何賣中醫書的書店裡找到它的來源。這是他從黃帝內經、神農本草經、傷寒雜病論裡面的內容整理歸納出來的心法，所有的內容都在這些經典裡面，他只是依臨床所見的實務把個中運用之妙寫下來。」

我們何等有幸，和小楊也不過才初見面，就拿出了這樣的重要資料給我們看！

本想表達我的感激，王大衛看著我點個頭先說了：「楊老師，我們不過是初識，真要謝謝你和我們無私地分享這麼多。我們想拜您為師，跟您學習！」

小楊笑了笑說：「你們不用緊張。你們一路來想要尋找小楊，其實真正的狀況是：小楊正在找你們！」

小楊在找我們？

「范雨農老師要我再傳的真正傳人，就是你們二位！」

（十五）

我和王大衛都大吃一驚。本來只是想能夠向小楊請益一些問題就很滿足了，但是聽到這裡我們都舌橋不下，我們和小楊可說是素不相識，而我邱日昇本身也說不上有很特出的才能啊！學中醫也不過是三四年的事。小楊說我們是范雨農老師要找的真正傳人，真是太突然了。

小楊這時並不作聲，把這三本書放在我們前面。拿起第三本書翻開最後一頁給我們看。這一頁只有一首大字寫的詩在這一頁：

甲己合化一貫中至聖之名腎竅通金門常迎西風至昇民袵席唯上工

另有一行小字在詩的下面：

製器利用，民咸用之，此謂之神，良有以也，以斯人等，載我聖道，興復有期。聖道西來，且傳於汝。見病知源，出民水火。欲光此學，必待來者。玄冥幽微，莫忘莫失。

我們還一時會不過意來。小珍也急著問：「楊伯伯，你怎麼知道范雨農大師要找的真正傳人就是這兩位叔叔呢？不要再打謎團了，好不好？」

小楊笑了笑說：「那天余老闆來和我談下次去舊金山購進藥材的事，就提到有兩位醫師要過來，我一聽到兩位是從矽谷來的，而且原本是工程師的新進醫師，又問了兩位的姓名。我有點豁然開朗起來了。原來老師的提示是這樣解的啊！」

小珍代表了我們大家的不解而問：「楊伯伯，你愈說我是愈糊塗了，還是不懂嘛！」

小楊笑說：「好好好，我來說明一下。范老師的提示，我也是看了很久都沒有答案，那天也是福至心靈，兩位醫師的姓就出現在詩的前兩句。這第一句的『甲己合化』不就是『土』字嗎，加上『一』不就成了個『王』字？而第二句說到至聖之名是個『丘』字，而腎開竅在耳啊，丘字加個耳不就成了『邱』字嗎？頭兩句就點出二位的姓氏來。」

我們都「喔」了一聲。

但王大衛還是問了一下：「那是怎麼知道不是只有一個人呢？」

「你看後面小字寫說是『以斯人等』，表示不是單數嘛！」小楊說：「而詩的第三句說到『金門常迎西風至』，在加州向西開的金門就是指舊金山灣區嘛！第四句講『昇民袵席』，表示必是一個慈悲濟世的人，兩位是義診醫師，正合於此句。而『上工治未病』大家是知道的，但是第四句的『工』字同時也暗指兩位本是『工程師』的身分。」

小珍說道：「有個工字就說是工程師，這不是太牽強了些嗎？」

小楊笑道：「其實小字寫得很清楚，周易繫辭中說：『制而用之謂之法，利用出入，民咸用之謂之神。』老師也在小字中提及，誰能製器以為天下用？工也！所以老師認為這樣背景的人最能興復醫道。說到這裡，我還要和各位說另一個我能確定是二位的原因……」

小珍急說：「還有什麼呢？」

小楊說：「三個月前我忽然收到老師的email，他說三個月後，再傳之人會出現在中谷。他就這樣簡短地寫了這樣一個指示。要不是老師的指示，我還真沒想到該是時候了。范老師知道個中因由必須透過我把正統醫道的薪火傳給真正的傳人。終於……終於我等到你們出現了！」

小珍這時鼓起掌來，阿鎮和小楊也跟著鼓掌，小楊走向我們並和我們一一擁抱，小楊這時淚流滿面，我和王大衛都不敢相信這件事。我們在初學中醫的時候，都曾經發願要復興中醫，更發願要為天下所有的貧病眾生盡我們的心力。但隨著入了中醫學院學習和真正面對社會上對於西醫的盲目相信以及中醫西化後的地位低落，很多熱情都漸漸退去。參加義診只是想多少開始實踐本來的另一個心願。沒想到有機會得此殊勝機緣，在一種無形力量的牽引下見到小楊！

小楊平復了激動的心之後說：「關於范老師所傳醫道的學習，范老師也同我說過。兩位是聰明有智慧的人，自可先看老師的這三本書，之後再來一同討論。這三本書中的第一本『日常切用診治一覽』是一本非常平實的日常治症手冊，老師當時寫這本書，是為了能讓人人都可在小病時用很安全的藥和穴位在第一時間治好自己。這是一本看似簡單易行但實則已經融會貫通了最高的醫道的書。第二本是『經方家的心靈地圖』，這是在前一本書之後若有更難治甚至是極難治如各種絕症的診治法。這是在第一本書之後的全面探索，可說是已臻化境的醫術了！這本書有黃帝內經素問、靈樞針灸以及所有經方甚至是後世方劑之確當者的全面解說。論理清楚細密，可說是環環相扣，前後貫通，我後來也博覽醫書，但此書可說是一通百通，探驪得珠之作。可以說熟讀這本書的話，醫術就可遠溯岐黃，步隨仲景了！」

小珍問道：「那這第二本就已經就麼厲害，那第三本要作什麼用呢？」

小楊點頭說：「陳小姐說得很好，若是一個醫者看了第二本書『經方家的心靈地圖』，就會覺得范雨農老師已把最高醫道說完了。但老師最高明處其實在第三本『上醫之道』中。這本書乍看之下並非全論醫道，但卻在心性的提升上指出方向，而唯有能醫治心靈上的病才是真正的大醫王。這本書就釋儒道三者的共與不共有很清楚說明，並就天人合一，四時生化的道理和我們的身心健康有完整解釋。只有知命知機，而於業力果報了然於胸，這樣的生命就是操之在我的自信人生了！而最後當可以有限的生命，追求無盡的慧命！這是醫學最高層次，更是生命的實學！」

王大衛想了想說：「以前我學書法時，老師曾告訴我們要成為一流的書法家就必須『書外求書』！也就是在書法之外的生活和生命體驗中學習涵養書法功力的力量。看來在醫學上要更高，必需要在『醫外求醫』！」

小楊很高興地說：「正是如此！！！」

和小楊約好下次拜訪的時間，帶了幾大包本地最好的蔬果上車後，時間上已經有些晚了。

在回家的路上，小珍興奮地大談這一段日子的經歷和這一天的奇遇。我的心這時仍激動不已。相信大衛兄也和我一樣，從義診場合的見聞，到開始探訪小楊的過程，從中谷地區生活窮困、醫療缺乏的農工，到小楊早年的悲慘往事，從范雨農大師的精采風範，到這一段令人稱奇的傳承經過。這些都在把我和大衛往我們的初發心上拉近。

多麼奇妙的因緣啊！

車子再一次穿越過黑暗的山區，矽谷的萬家燈火又在眼前。未來要擔負起更多的責任，在每一個渴望親人或自己能得到救治的眼光裡，我們只有往醫學的最高處邁進才能回應。范老師說我們是能光大中醫的人，我要好好修學手中這三本充滿智慧和悲憫的書。人間只要還有小楊這樣的人在偏遠的任何一個角落，那裡就有一盞溫暖的燈光。在尋找小楊的過程中，我也尋回了初學中醫時的那份心念，更尋回了那一念的良善動機。尋找小楊的故事結束了，而追求更高醫道和在紅塵中救度疾苦的旅程這才要開始。

車子離開了高速公路，漸漸地我們投入矽谷的這片燈海中……

語言文學類　PG1858　SHOW小說29

藥香中尋找愛

作　　者 / 林大棟
責任編輯 / 徐佑驊
圖文排版 / 周好靜
封面設計 / 葉力安

發 行 人 / 宋政坤
法律顧問 / 毛國樑　律師
出版發行 / 秀威資訊科技股份有限公司
114台北市內湖區瑞光路76巷65號1樓
電話：+886-2-2796-3638　傳真：+886-2-2796-1377
http://www.showwe.com.tw
劃撥帳號 / 19563868　戶名：秀威資訊科技股份有限公司
讀者服務信箱：service@showwe.com.tw
展售門市 / 國家書店（松江門市）
104台北市中山區松江路209號1樓
電話：+886-2-2518-0207　傳真：+886-2-2518-0778
網路訂購 / 秀威網路書店：https://store.showwe.tw
國家網路書店：https://www.govbooks.com.tw

2018年3月　BOD一版
定價：250元

國家圖書館出版品預行編目

藥香中尋找愛 / 林大棟作. -- 一版. -- 臺北市 :
秀威資訊科技, 2018.03
面 ;　公分. -- (語言文學類PG1858)(SHOW小說 ; 29)
BOD版
ISBN 978-986-326-530-6(平裝)

857.63　　107001009

讀者回函卡

感謝您購買本書，為提升服務品質，請填妥以下資料，將讀者回函卡直接寄回或傳真本公司，收到您的寶貴意見後，我們會收藏記錄及檢討，謝謝！

如您需要了解本公司最新出版書目、購書優惠或企劃活動，歡迎您上網查詢或下載相關資料：http:// www.showwe.com.tw

您購買的書名：________________

出生日期：______年______月______日

學歷：□高中（含）以下　□大專　□研究所（含）以上

職業：□製造業　□金融業　□資訊業　□軍警　□傳播業　□自由業

□服務業　□公務員　□教職　□學生　□家管　□其它____

購書地點：□網路書店　□實體書店　□書展　□郵購　□贈閱　□其他

您從何得知本書的消息？

□網路書店　□實體書店　□網路搜尋　□電子報　□書訊　□雜誌

□傳播媒體　□親友推薦　□網站推薦　□部落格　□其他______

您對本書的評價：（請填代號　1.非常滿意　2.滿意　3.尚可　4.再改進）

封面設計____　版面編排____　內容____　文／譯筆____　價格____

讀完書後您覺得：

□很有收穫　□有收穫　□收穫不多　□沒收穫

對我們的建議：________________

____

____

____

請貼
郵票

11466
台北市內湖區瑞光路 76 巷 65 號 1 樓
秀威資訊科技股份有限公司　　收
BOD 數位出版事業部

....

（請沿線對折寄回，謝謝！）

姓　　名：＿＿＿＿＿＿＿＿　年齡：＿＿＿＿　性別：□女　□男

郵遞區號：□□□□□

地　　址：＿＿＿＿＿＿＿＿＿＿＿＿＿＿＿＿

聯絡電話：(日)＿＿＿＿＿＿＿＿(夜)＿＿＿＿＿＿＿＿

E-mail：＿＿＿＿＿＿＿＿＿＿＿＿＿＿＿＿